Von Barbara Noack erschienen bei BASTEI-LÜBBE:

12429 Glück und was sonst noch zählt
12480 Die Züricher Verlobung
12502 Italienreise – Liebe inbegriffen
12534 Geliebtes Scheusal
12596 Der Bastian
12636 Ein gewisser Herr Ypsilon
12680 Eine Handvoll Glück
12699 Flöhe hüten ist leichter
12764 Ein Platz an der Sonne

Barbara NOACK
Drei sind einer zuviel

BASTEI-LÜBBE-TASCHENBUCH
Band 12914

© 1982 by Langen Müller in der F. A. Herbig
Verlagsbuchhandlung GmbH, München
Lizenzausgabe: Bastei Verlag Gustav H. Lübbe GmbH & Co.,
Bergisch Gladbach
Printed in Germany Februar 1999
Einbandgestaltung: Manfred Peters
Titelfoto: ZEFA
Satz: hanseatenSatz-bremen, Bremen
Druck und Verarbeitung: Elsnerdruck, Berlin
ISBN 3-404-12914-8

Sie finden uns im Internet unter
http://www.luebbe.de

Der Preis dieses Bandes versteht sich einschließlich
der gesetzlichen Mehrwertsteuer.

1

An einem Aprilabend fuhr Charlotte Müller, genannt Karlchen, mit ihrem rostigen Kombi, der bis zum Kragen mit Töpferwaren aus dem Westerwald beladen war, in München ein.

Der Kombi war halb so alt wie Karlchen. Sie wurde im Juni rostfreie Zwoundzwanzig.

Neben ihr auf dem Beifahrersitz knitterte eine handgemalte Wegbeschreibung ihres Onkels Ernst, die von seiner Lebensgefährtin Marianne mit Rotstift korrigiert worden war.

Karlchen, im Sog der Autoherde von Ampel zu Ampel rollend, entzifferte aus dieser widersprüchlichen Gemeinschaftsarbeit immerhin, daß sie nach der nächsten Kreuzung rechts abbiegen und dann geradeaus fahren mußte bis zu einer Tankstelle, die mangels Kunden stillgelegt worden war.

Die Gegend, durch die sie nach Verlassen der Hauptstraße kam, wurde immer stiller und immer neuer – auch die Bäumchen rechts und links der Straße waren noch fast neu.

Und dann sah sie schon das Betonsilo gegen den Abendhimmel ragen. Es handelte sich um ein Bauherrenmodell, weder schön noch solide gebaut, aber ungemein steuersparend, weshalb Onkel Ernst blindlings zugegriffen hatte, als ihm eine der Wohnungen angeboten worden war. Anschließend war die Rezession gekommen, die Interessenten ließen sich nicht länger jeden Mist andrehen, deshalb blieben zwei Drittel der Wohnungen unverkauft.

»Was«, so Onkel Ernst, »auch einen Vorteil hat. Dadurch ist es schön ruhig in der Gegend.«

Gegen »schön ruhig« hatte Karlchen nichts einzuwenden, aber mußte es denn gleich so tot sein? Sie stieg aus.

Auf dem riesigen Parkplatz graulten sich fünf Autos, und nun graulte sich Karlchen mit ihnen.

Als sie Koffer und Seesack vor der Haustür abstellte, um nach den Schlüsseln zu suchen, fielen ihr die vielen blinden Namensschildchen auf dem Klingelbrett auf, gerade neun waren beschriftet. Neun Mieter in fünf Stockwerken!

Ob sie nicht doch im Hotel absteigen sollte? Aber auf eigene Kosten? Lieber zittern.

Sie fuhr mit dem Aufzug in den dritten Stock, öffnete vorsichtig die Lifttür, schob Koffer, Seesack und schließlich sich selber auf den betonierten Flur, in dem ihre Schritte hallten wie im Horrorfilm. Ein leeres Haus ist was Schlimmes, aber wer garantierte ihr, daß seine Flure wirklich leer waren, daß da nicht irgendeiner hinter der nächsten Ecke auf sie lauerte, und sie war doch noch so jung –!

Karlchen atmete zum erstenmal tief durch, als sie die Wohnungstür hinter sich zugeschlagen hatte.

Es roch muffig in dem kleinen, dürftig möblierten Zweizimmerapartment. Auf dem Wohnzimmertisch dorrten noch die Blumen von Mariannes letztem München-Besuch vor sich hin.

Telefonläuten holte Karlchen frühzeitig vom Klo. Sie nahm den Hörer ab. Ehe sie etwas sagen konnte, brüllte Onkel Ernst:

»Charlotte! Bist du endlich da? Wir haben schon zweimal angerufen!«

»Nein, dreimal!« rief Marianne dazwischen.

»Wie war die Fahrt nach München?« fragte Onkel Ernst.

»Ach, es ging. Aber das leere Haus hier! Die Angst!«

»Alles Gewöhnung«, mischte sich Marianne wieder ein. »Mir ist da noch nie was passiert.«

»Ja, dir –«, sagte Onkel Ernst.

»Steck für alle Fälle das Brotmesser ein, wenn du weggehst«, riet Marianne.

»Lieber den Pfefferstreuer! Dem Gegner direkt in die Augen!« kommandierte Onkel Ernst.

»Da kommt sie doch gar nicht mehr zu. Hallo, Karlchen, bist du noch da?«

»Ja.«

»Ruf Gaby an. Ruf sie gleich an.«

»Warum soll sie denn Gaby *gleich* anrufen?« hörte sie Onkel Ernst fragen.

»Herrgott, Ernst! Damit sie nicht so allein in München ist.«

Karlchen verabschiedete sich erschöpft und suchte Gabys Nummer aus dem Telefonbuch.

Gaby Hess hatte mongolische Augen und schräge Wangenknochen, was Männer ja gerne mögen, und eine Stimme wie ein Kettenraucher am nächsten Morgen. Wenn sie eine kleine Party gab so wie heute, trug sie ihre auf einem Asientrip erworbenen exotischen Gewänder auf.

Zwei junge Buchhändler – Toni und Reni – waren bei ihr, ein juristischer Christoph und Peter Melchior, der dem Telefon am nächsten saß und darum den Hörer abnahm, als es klingelte.

»Hallo? – Wer? – Ich verstehe nicht! Seid mal ruhig!« Er wartete einen Moment, dann sagte er bedauernd in den Hörer: »Die sind nicht ruhig. Wer ist da? – Charlotte?«

Jetzt war es ruhig. Gaby dachte angestrengt nach, ob sie eine Charlotte kannte.

»Ist das so eine Blonde?« erkundigte sich Christoph.

Peter betrachtete den Telefonhörer und zuckte die Achseln.

»Ach, *Karlchen*!« begriff Gaby plötzlich und riß ihm den Hörer aus der Hand. »Du?! Wo steckst du denn? – In München! Seit wann? – Ja, Mensch, dann komm doch her. Komm gleich. Ich hab paar Typen hier. Wir feiern Abschied. – Was? Warum denn nicht?«

»Weil ich mich fürchte«, erklärte Karlchen am anderen Ende der Leitung. »Bin ich endlich hier oben und froh, daß mich keiner abgemurkst hat, soll ich schon wieder runter! Das verkrafte ich nicht.«

»Stell dich nicht an! Glaubst du, Verbrecher haben nichts anderes zu tun, als auf dich zu warten?« war alles an Mitgefühl, was Gaby aufbrachte. »Nun komm schon, komm so, wie du bist. Okay?«

Ehe Karlchen die Wohnung verließ, steckte sie das Brotmesser ein und den Pfefferstreuer – denk daran, dem Gegner direkt in die Augen!

»Wann geht dein Zug?« fragte Gaby beim Austeilen des Heringssalates.

»So um neun rum.«

Alle Anwesenden sahen mitleidig auf Peter Melchior, der morgen früh nach Nebel im Bayerischen Wald nahe der tschechischen Grenze reisen und dort seine erste Stellung als Lehrer antreten würde.

»Wenn ich mir vorstelle, ich müßte morgen an den Arsch der Welt«, sagte Christoph. »Also soviel könnte ich gar nicht saufen!«

»Ich hab ja nicht Großstadtlehrer gelernt, sondern Lehrer«,

gab Peter zu bedenken. »Außerdem hat's da auch Kinder, die unterrichtet werden müssen!«

»Na ja – aber ausgerechnet von dir!?«

Und dann kam Karlchen.

Gaby stellte sie vor mit dem Zusatz: »Wir sind beinah verwandt. Meine Tante Marianne lebt mit ihrem Onkel Ernst seit 15 Jahren zusammen.«

»Eernst, ach, Eernst, was du mir alles leernst!« fiel Toni dazu ein.

»Und das sind meine Freunde Reni, Toni, Peter, Christoph. Hier hast'n Glas. Magst du was essen? Peter, rutsch mal, laß Karlchen sitzen.«

Peter rutschte und betrachtete dabei den Neuzugang. Lange Beine in gelben Stiefeln, frostgerötete Knie und ein lodengrüner Minirock. Obgleich sie schlank war, wirkte sie ein bißchen pummelig. Karlchen nannte es ihren alternden Babyspeck, der müßte dringend weg, und ab nächsten Montag würde sie ganz bestimmt mit der Hungerei anfangen ...

Unter ihrem rotblonden, starken Wikingerhaar leuchteten viele, viele winterfeste Sommersprossen. Ihre Augen waren braun wie dunkles Bernstein.

»Karlchen kommt aus Montabaur, aus dem Westerwald«, erzählte Gaby.

»O du schöner Wehehesterwald –«, sang Toni.

Karlchen sah ihn gequält an, die Gabel im Heringssalat. Da brach er ab.

»Danke«, sagte sie.

»Stell dir vor, Karlchen, Peter zieht morgen in den Bayerischen Wald. Als LAA. Weißt du, was das ist?«

Sie überlegte und tippte auf Götz von Berlichingen.

»Falsch«, sagte Christoph, »das ist L–M–A–A. Ein LAA ist ein Lehr-Amts-Anwärter. Spricht sich schön flüssig, nicht?«

»Möchten Herr Lehramtsanwärter noch 'n kleinen Schluck?«
fragte Gaby.

Peter seufzte: »MannohMann! Was ich mich freu, wenn
ich euer blödes Gerede nicht mehr hören muß.«

»Das ist sein Galgenhumor«, sagte Reni zu Karlchen. »Dabei werden wir ihm fehlen. Wir werden ihm ja so fehlen!«

Peter schaute Reni an und wollte etwas sagen, wurde aber
durch Karlchen abgelenkt, die sich verschluckt hatte und hustete.

»Hände hoch!«

Sie hob gehorsam die Arme. Er schlug ihr auf den Rücken.

»Nicht so doll«, sagte Gaby, »sonst verrutschen ihr die Rippen.«

Und dann tranken alle auf Peters Wohl und schönes, lehramtsanwärterliches Gelingen.

»Komisch, wie beliebt man plötzlich bei seinen Freunden
ist, wenn sie einen loswerden«, stellte er fest. »Da merkt man
doch –«

Er brach ab und staunte in Karlchens geöffnete Tasche, in
der sie nach Tempotüchern suchte. Dabei sah er das blanke
Brotmesser liegen.

»Ist was? Du wolltest doch was sagen!« erinnerte Gaby.

Peter blickte auf. »Ich hab's vergessen –«

Karlchens Tasche war nun wieder zu. Sie aß den Teller auf
ihren Knien leer.

»Mach bloß keine Kollegin an«, sagte Reni zu Peter. »Ich
kenn dich doch. Das dauert paar Wochen, dann bist du sie
leid, aber noch immer an derselben Schule wie sie, und das
in 'ner Kleinstadt –«

»Ich fang da schon nichts an.« Peter sah auf die Uhr und
erhob sich. »Muß nach Hause. Hab noch nicht gepackt.«

»Wir gehen auch«, sagte Toni zu Reni.

»Wir besuchen dich mal. Wir kommen alle nach Nebel, nicht wahr?«

Karlchen blieb bei Gaby zurück. »Sag mal, macht es dir was aus, wenn ich heut nacht bei dir schlafe?«

Gabys Begeisterung hielt sich in Grenzen.

»Nein, natürlich nicht – ich meine, jederzeit – bloß ausgerechnet heute geht's schlecht –« Sie blickte auf Christoph.

»Ach so, verstehe.« Und Karlchen lief den andern hinterher die Treppe hinunter.

Auf der Straße wartete sie ab, bis sich die Freunde voneinander verabschiedet hatten. Reni tauschte viele Küsse mit Peter Melchior, Toni gab ihm noch ein paar dumme Sprüche mit auf den Weg und die Ermahnung: »Denk daran, von jetzt ab ruht das Auge der Öffentlichkeit auf dir nebst dem seiner Gattin!«

Dann stiegen sie in ihren Käfer, die Türen klappten laut, letzte Zurufe hallten über die Straße – wer von den Anliegern schon geschlafen hatte, war nun bestimmt wieder wach.

Peter gähnte »Tschau, Karlchen, mach's gut« und wollte die Straße hinuntergehen.

»Ach, bitte –«

»Ja?« blieb er stehen.

»Können Sie mich nicht heimbringen?«

»Hab ja kein Auto.« (Was manchmal ein Vorteil ist.)

»Aber ich.«

»Ja, dann – wieso?!« begriff er nicht. »Ich wohne direkt um die Ecke. Keine drei Minuten von hier.«

Karlchen sah ihn an. Sollte das nun ein flehender oder ein verführerischer Blick sein? Peter war da nicht sicher, er merkte nur eins: wie müde er war.

»Bitte –« Sie zeigte auf einen idiotisch geparkten Kombi auf der gegenüberliegenden Straßenseite. »Da steht er.«

»O Mann!« war er plötzlich wütend auf sich selber, weil er »Na schön« sagte, obgleich er ›Bin ich blöd und fahr die heim?‹ dachte.

Im Laternenschein kramte sie nach den Autoschlüsseln. Kramte ihre Tasche aus, ihre Manteltaschen – drückte ihm Messer und Pfefferstreuer in die Hand. »Halten Sie mal –«, er probierte ihn aus. Da war wirklich Pfeffer drin.

»Wozu?« fragte er.

»Für Notfälle«, sagte Karlchen und hatte ihre Schlüssel endlich in der Rocktasche gefunden.

Ungern stieg er in den Kombi. Auf seinem Sitz war Holzwolle. Er wischte sie unter seinem Hintern vor.

Karlchen schnallte sich indessen an und fuhr mit einem Ruck los. Hinter ihnen klirrte es.

»Reisen Sie immer mit Geschirr?«

»Das sind meine Muster. Wir haben 'ne kleine Töpferei in Montabaur. Das heißt – mein Onkel Ernst hat sie. Zweimal im Jahr geht einer von uns auf Tournee und sammelt Bestellungen ein. Diesmal bin ich mit Bayern dran.«

So fuhr Karlchen munter, weil nicht alleine, in die Betonöde zurück. Nachts fiel es nicht so auf, daß keine Fenster erhellt waren.

Peter stieg aus und wollte sich gleich verabschieden.

»Ja, bringen Sie mich denn nicht rauf?« erschrak sie.

»Nein. Ich muß noch packen.«

»Wozu sind Sie dann erst mitgekommen?«

»Das frage ich mich auch.«

»Sie müssen mit raufkommen! Bitte.«

»MannohMann!« Peter war nun sauer. »Was soll's? Morgen fahre ich in den Bayerischen Wald. Ich bin hundemüde. Seit

Wochen feiere ich Abschied. Einen Abschied nach dem anderen. Ich bin froh, daß ich alles Bisherige los bin. Da werde ich doch am letzten Abend nicht noch was Neues anfangen! Oder?«

Endlich kapierte Karlchen: »Nichts anfangen. Bloß mit raufkommen. Ich trau mich nicht allein. Hier wohnt doch fast keiner.«

»Ach so. Deshalb.« Peter war fast ein wenig enttäuscht. Sie wollte gar nichts von ihm!

»Ich glaube nicht, daß ich hier lange bleibe«, sagte Karlchen, während sie auf das Haus zugingen. »Ich halte das nervlich nicht durch.«

»Sie werden sich dran gewöhnen.«

»Ans Fürchten? Nie!!«

In der Wohnung angekommen, mußte er warten, bis sie unter das Bett geschaut hatte und in die Schränke, ob vielleicht einer drinsaß. Er fand das reichlich übertrieben, aber bitte, wenn es sie beruhigte ...

»Sie kommen mir vor wie eine, die sich 'nen Löwen als Haustier kauft und dann aus Angst vor ihm auf'm Schrank sitzt. Warum wohnen Sie hier, wenn Sie sich derart graulen?«

»War ja nicht vorauszusehen, als Onkel Ernst den Kaufvertrag unterschrieben hat. Ein einziges Mal im Leben macht er ein großes Geschäft. Um Steuern zu sparen und ein Bein in München zu haben, kauft er sich in diesem optischen Schandfleck ein. Nach München kommt er nicht öfter als früher, und für die Zinsen, die er zahlen muß, könnte er in den ›Jahreszeiten‹ übernachten, wenn er mal hier ist. Aber das ist typisch für meine Familie, wenn die mal ein Geschäft macht!«

Peter lachte.

»Ist gar nicht zum Lachen«, lachte Karlchen.

Dann ging er. Sie schloß zweimal herum und legte die Kette vor.

»He«, bummerte er von draußen, »ich bin's noch mal. Gibt es in dieser gottverlassenen Gegend ein Verkehrsmittel?«

»Keine Ahnung, glaube ich nicht.«

»Können Sie mir 'n Taxi rufen?«

Karlchen schloß wieder auf.

»Taxi? Ja aber – was das kostet! Bei der Anfahrt!«

Peter tat sich sehr leid und ihr nun auch. Kurz entschlossen gab sie ihm ihre Autoschlüssel.

»Wissen Sie was? Nehmen Sie den Kombi bis morgen früh. Okay?«

Karlchen frühstückte stehend am Küchentisch – rechts eine Dose mit Ananas, links lasche Salzbrezeln, was anderes an Vorräten hatte sie nicht vorgefunden. Kaffee wollte sie erst kochen, wenn Peter kam, um die Autoschlüssel zurückzubringen. »Wenigstens eine Tasse, geht ganz schnell.«

Aber er war spät dran. Er mußte dringend zum Bahnhof.

Sie gab ihm die Hand. »Na, dann alles Gute. Werden Sie ein netter Lehrer.«

Er sah sie fragend an. »Ich habe noch meine Klamotten in Ihrem Wagen.«

»Was für Klamotten?«

»Na, alles.«

Endlich begriff Karlchen. »Achsoja – da muß ich Sie wohl zum Bahnhof fahren.«

»Nett, daß Sie von selber drauf kommen.«

Karlchen schnallte sich an.

Peter lehnte sich zurück und wartete darauf, daß sie endlich startete.

Karlchen schnallte sich wieder ab.

»Was jetzt?«

»Die Papiere! Ich hab die Autopapiere vergessen.« Sie stieg aus und rannte zum Haus. »Bin gleich wieder da!«

»Aber mein Zug!!«

Das durfte nicht wahr sein. Er pfiff, trommelte, schrie »hallo« aus dem offenen Fenster. Resignierte schließlich.

Endlich kam Karlchen aus dem Haus gerannt, stieg atemlos ein und schnallte sich an.

»So, jetzt können wir. – Wo ist der Bahnhof? Wissen Sie, wie es zum Bahnhof geht?«

»Ja. Aber was soll ich noch da? Der Zug ist weg.«

»Ach!« sagte sie betreten. »Und der nächste?«

»Der ist mit zweimal Umsteigen.« Er zeigte mit dem Daumen hinter sich. »Bei dem Gepäck!«

»Alles meine Schuld«, sah sie ein.

»Ja.«

Karlchen hatte eine Idee. Dazu brauchte sie die Straßenkarte aus dem Handschuhfach. Sie breitete dieselbe aus, sich und Peter damit zudeckend, und irrte mit dem Zeigefinger los.

»Was suchen Sie eigentlich?« erkundigte er sich nach einer Weile.

»Nebel – was sonst?«

»Aber doch nicht in Holstein.« Er nahm ihren Zeigefinger und fuhr mit ihm in den Bayerischen Wald.

»Wie weit ist das eigentlich von München?«

»Na, so hundertfünfzig Kilometer.«

»Da muß ich sowieso hin. Ob ich nun heute oder erst in drei Wochen die Gegend abklappere, ist Jacke wie Hose. Fange ich eben meine Verkaufstour im Bayerischen Wald an.« Und Karlchen schnallte sich wieder ab. »Muß ich bloß noch mal rauf, meinen Koffer holen.«

15

2

Karlchens Kombi hielt mitten auf dem Marktplatz von Nebel.

Peter stellte vor: »Rathaus – Gotteshaus – Wirtshaus – Kriegerdenkmal –«

»Nett«, sagte Karlchen. »Wissen Sie schon, wo Sie wohnen werden?«

»Ja. Im Haus muß man die Schuhe ausziehen.« Er legte die Hand auf ihre Schulter. »Gehn wir erst mal ins Gasthaus. Ich hab Durst.«

Während sie den Platz überquerten, sahen sie einen jungen Mann mit einer gewaltigen Rolle Maschendraht und anderem Sperrgut aus dem Kaufhaus kommen.

In der Wirtsstube hockten um diese frühe Mittagsstunde nur wenige Einheimische.

»Ob das alles Eltern sind?« überlegte Karlchen.

»Eltern? Wieso? Wessen Eltern?«

»Na, die von Ihren Schülern.«

Peter trank einen Schluck Bier. »Ich weiß ja noch gar nicht, welche Klasse ich kriege. Uns Anfängern halst man gerne die schwierigsten auf. Die, die kein anderer Lehrer haben will.«

»Was sind eigentlich Ihre Fächer?«

»Deutsch, Biologie und Turnen. Aber das will nichts heißen. Ein Freund von mir hatte Deutsch und Mathe. Dann kam er als erstes nach Warzenried. Und was mußte er geben? Englisch und Religion in den obersten Klassen. Es ist alles drin.«

Die Drahtrolle aus dem Kaufhaus mit dem jungen blonden Mann betrat die Gaststube, steuerte auf ihren Nebentisch zu. Er lehnte die Rolle an die Wand. Kaum drehte er ihr den Rücken zu, fiel sie um.

Resi, die Kellnerin, knallte ein Schinkenbrot vor Karlchen hin und begrüßte den jungen Mann: »Ja, der Herr Kreuzer! Wie geht's dem Bein?«

»Danke.« Er stellte die Rolle wieder auf. »Es ist wahrscheinlich eine Dehnung der Gelenkbänder. Daher der Bluterguß im Fuß. So was geht meistens Hand in Hand.«

Resi schien beeindruckt. »Ah geh – waren S' beim Dokter?«

»Brauch ich nicht. Ich habe ein Medizinbuch.«

Karlchen, die interessiert zugehört hatte, wandte sich jetzt an Peter: »Hier werden Sie nun Ihre einsamen Abende verbringen. Haben Sie gar kein Muffensausen vor der Zukunft?«

Peter lachte. »Sie machen sich mehr Sorgen als ich. Es wird schon irgendwie werden ...« Er trank sein Bier aus und stand auf. »Ich lade rasch mein Gepäck aus. Dauert nicht lange.«

»Ich hab ja auch noch mein Schinkenbrot«, sagte Karlchen und wickelte Messer und Gabel aus der Serviette.

Peter sah ihr dabei zu. »He – Sie – ich find's ganz nett mit Ihnen.«

»Ich auch«, versicherte Karlchen.

»Gestern fand ich Sie nicht so nett.«

»Das geht manchem so. Man muß sich erst an mich gewöhnen.«

Er ging. Hinter ihm fiel die Drahtrolle um. Der junge blonde Mann vom Nebentisch erhob sich und stellte sie wieder auf. Karlchen schaute ihm interessiert zu.

»Sie fällt immer um«, sagte er erklärend.

»Ja«, nickte Karlchen, »Sie fällt immer um«, und biß in ihr Brot.

Und danach beobachteten beide gespannt die Rolle. Sie stand jetzt wie eine Eins.

»Warum legen Sie sie nicht hin?« fragte Karlchen.

»Hinlegen?« überlegte er. »Ja, natürlich. Das ist 'ne gute Idee.« Er stand auf, legte die Rolle hin und setzte sich wieder. Karlchen kaute mit langen Zähnen an ihrem Brot mit gekochtem Schinken. Sie schaute sich suchend auf dem Tisch um. Der junge Mann reichte ihr den Senf herüber.

»Danke. Woher wissen Sie?«

»Ich kenne diesen Schinken.«

»Sind Sie aus der Gegend?«

»Nein. Aber ich wohne hier.«

Karlchen musterte ihn. Er war ein besonders hübscher junger Mann. Was ihn auf Anhieb für Frauen so anziehend machte, waren seine tiefliegenden, bekümmerten Augen. Er sah so verletzbar aus.

»Ich bin erst'n paar Wochen hier in Nebel«, sagte er. »Ich komme aus Berlin.«

»Aha. Wie lebt es sich denn hier?«

Er zuckte die Achseln. »Auf alle Fälle billiger.«

Inzwischen stand Peter mit Koffern, Taschen und Radio vor einem abweisend nüchternen Haus. Seine Fassade machte den Eindruck einer täglich gescheuerten. Mehrere Gardinen waren in Bewegung, als er die Klingel drückte. Fast im gleichen Moment öffnete sich die Haustür. Seine neue Wirtin, Frau Obermayer, musterte Peter ohne Lächeln. Sie trug Hausschuhe und drei Schürzen übereinander, eine davon zum Schonen der anderen.

Peter, den nichts so leicht zu erschrecken vermochte, rief munter: »Grüß Gott, Frau Obermayer. Da bin ich.«

»Ja, ich seh«, sagte sie gedehnt und trat zur Seite, damit er sein Gepäck in den Flur buckeln konnte. Im Hausflur roch es säuerlich.

Frau Obermayer wies mahnend auf seine Füße. »Die Schuhe! Das war ausgemacht.«.

Ergeben kickte er die Slipper von seinen Hacken und schleppte auf Socken und unter ihrer Aufsicht seine Habe die Treppe hinauf.

Das Zimmer, das er im ersten Stock gemietet hatte, war von erlesener Ungemütlichkeit, aber sauber. Sein einziger Schmuck – ein frommer Druck vom geigenden Eremiten.

In der Gastwirtschaft hatte das kontaktfreudige Karlchen inzwischen einiges über den Drahtrollenbesitzer erfahren. Er hieß Benedikt Kreuzer, war Architekt, zur Zeit stellungslos, wohnte nicht in Nebel, sondern etwa vier Kilometer entfernt am Wald.

»Weit weg von jedem Umweltschmutz. Ich würde sagen, von jeder Umwelt überhaupt.«

»Das ist bestimmt sehr gesund, aber besonders komisch ist es nicht, oder?«

»Nein«, versicherte er ihr. »Es ist, so eine Art Überlebenstraining. Wie lange halte ich es ohne Ansprache, ohne jedes Lebewesen – ausgenommen Vögel und Ungeziefer – in meiner Einsiedelei aus.« Er sah auf seine Uhr und erhob sich. »Mein Auto ist zur Durchsicht. In zehn Minuten geht der Schulbus, mit dem ich zurückfahren kann.«

»Im Bus? Mit dem ganzen Gelump? Und das bei Ihrem schlimmen Bein!?«

Benedikt Kreuzer zuckte die Achseln. »Was soll's –« Ihm war zur Zeit so ziemlich alles egal. Das spürte Karlchen.

»Und vom Bus – haben Sie's da noch weit?«

»Vielleicht zehn Minuten Feldweg.«

Das waren fünf Minuten zuviel – ihrer Meinung nach. Entschlossen stand sie auf. »Ich fahre Sie heim.«

Er konnte das nicht so recht kapieren. »Sie mich –? Warum? Sie kennen mich doch gar nicht. Und wenn Ihr Freund inzwischen zurückkommt?«

»Habe ich ihn von München hierhergekarrt, kann ich Sie wohl die paar Kilometer heimbringen.«

»Ja aber, das ist doch 'n Unterschied.«

»O ja. Sie haben ein schlimmes Bein, er nicht. Warten Sie, ich nehme Ihnen was ab.« Sie stürzte sich auf die Drahtrolle. »Außerdem ist er nicht mein Freund. Ich kenne ihn noch nicht mal 24 Stunden.«

Während er mit ihr um das Tragen der Rolle rang, sah man Benedikt an, daß er kurz über Karlchen und die Männer nachdachte und nicht so recht durchblickte.

Peter zählte, endlich von Frau Obermayers irritierendem Kontrollblick befreit, die um ihn verstreuten Gepäckstücke. Und siehe, es waren statt sechs nur fünf. Es fehlte was. Was fehlte? Die Plastiktüte mit dem Radio.

Er lief die Treppe hinunter, zur Haustür hinaus.

Einsam auf dem Gehsteig wartete sein Radio. Und gegenüber verstaute gerade der junge, blonde Mann aus dem Wirtshaus seine Drahtrolle und diverse Pakete in Karlchens Kombi, in dem noch vor kurzem sein eigenes Hab und Gut gereist war. Karlchen und der Blonde stiegen ein und starteten.

»MannohMann«, staunte Peter und rannte hinter dem anfahrenden Wagen her. »He – Sie – anhalten!!« Ein Nagel auf dem Kopfsteinpflaster erinnerte ihn daran, daß er auf Socken war. Er gab die Verfolgung auf.

Komisches Karlchen. Wie die sich an die Männer ranmachte, ohne was von ihnen zu wollen! Denn daß sie diesen blonden Schönling attraktiver finden könnte als ihn selbst, kam Peter Melchior keinen Augenblick in den Sinn. Dazu hatten er und die Mädchen sein Selbstbewußtsein viel zu sehr verwöhnt.

Peter fand sich fabelhaft gewachsen, muskulös, drahtig. Seiner Meinung nach hatte er einen irren Sex, und dazu die schönen, dichten, dunklen Haare, die er täglich wusch ...

Neinnein. Auf ihn fuhr jede ab.

Karlchen war auch abgefahren – bloß nicht auf ihn, sondern mit einem andern. Na, egal – Sie war sowieso nicht sein Typ gewesen. Hauptsache, sie hatte ihn samt Gepäck von München nach Nebel kutschiert.

3

Es war ein schöner Morgen. Peter ging – mit Schlips! – über den Markt, vorbei an den Gemüse- und Obstständen. Er spürte, wie er von allen Seiten gemustert wurde. Noch kannte er keinen hier, aber er hatte den Eindruck, alle wußten bereits, daß er der neue Lehrer war.

Auf der gegenüberliegenden Seite des Marktes betrat er das Kaufhaus Hirn.

»Haben Sie Luftballons?« fragte er die Verkäuferin. »Solche zum Aufblasen?«

Sie überflog die in den Regalen gestapelten Kartons und zog einen hervor. Außer verschiedenen Scherzartikeln enthielt er auch Ballons.

»Wieviel brauchen Sie denn, Herr Lehrer?«

Peter war überrascht: »Woher wissen Sie?«

»Nebel ist eine Kleinstadt, Herr Melchior –« Sie reichte ihm die Hand über den Ladentisch. »Ich bin Frau Anders, auch nicht von hier.« Frau Anders mochte Mitte Dreißig sein und sah so aus, als ob sie mit dem linken Fuß auf die Welt gekommen wäre.

Gemeinsam zählten sie die schrumpligen Ballons aus ihrem Karton in eine Tüte – für jedes Kind einen und fünf zur Reserve, falls welche kaputtgingen.

»Welche Klasse werden Sie übernehmen?«

»Die sechste«, wußte er inzwischen.

»Da tun Sie mir aber leid, Herr Lehrer. Das ist die schlimm-

22

ste. Ihre Vorgängerin haben sie total geschafft. Ich weiß das, mein Andi geht in die sechste. Der arme Bub! Er hat so einen schweren Stand, Herr Lehrer, er ist der Kleinste und Schmächtigste. Außerdem sind wir Zugereiste.«

Sie schob die Ballons in eine Tüte.

Peter zahlte.

»Wozu brauchen Sie denn so viele?«

»Für den Unterricht.« Er gab ihr die Hand. »Schönen Dank, Frau Anders.«

»Mein Bub heißt Andi – Andi Anders«, erinnerte sie ihn beim Abschied. »Wenn Sie ein bißchen auf ihn achtgeben würden, Herr Lehrer, bitte.«

Als Peter auf seine neue Schule zuging, bremste ein Kombi scharf neben ihm. Und dabei klirrte es ein bißchen.

Das Geräusch war ihm vertraut.

»Karlchen aus dem Westerwald! So eine Überraschung! Sind Sie noch immer hier oder schon wieder?«

»Noch immer. Ich grase die Gegend nach Aufträgen ab. – Doll ist das nicht. In vier Geschäften hab ich neun Milchtöpfe verkauft. Hier in Nebel noch kein Stück. – Heute ist erster Schultag, nicht wahr?« Sie stieg aus.

»Ja.«

»Ist Ihnen mulmig zumute?«

»Bißchen schon.«

»Hab ich mir gedacht. Darum bin ich noch mal vorbeigekommen.«

Karlchen. Die Haare auf dem Hinterkopf mit Schießgummi zusammengezurrt, eine geblümte Dirndlbluse, der Minirock diesmal aus Leder, ein viel zu weiter Anorak. Ihr unbeschwertes Lachen. Ihre Gutmütigkeit. Ihre Sommersprossen. Karlchens

Anblick duftete nach frisch gemähtem Heu, nach Himbeeren und Schulkakao mit einem Schuß Senf, ging es ihm durch den Sinn.

»Was macht eigentlich Ihr neuer Freund?«

Sie begriff nicht sofort. »Welcher?«

»Na der, mit dem Sie aus dem Wirtshaus abgehauen sind!«

»Ach, haben Sie das gesehen? Warum haben Sie nicht gerufen?« wunderte sie sich. »Ich möchte Sie gern mit ihm zusammenbringen, damit sie beide nicht so allein hier sind.«

Das Geräusch eines gemächlich fegenden Besens kam immer näher, wirbelte inzwischen die Bonbonpapiere zu ihren Füßen auf. Fuhr um ihre Beine. Der Besen gehörte einem kleinen Mann mit Schiebermütze. Nicht nur sein Besen, auch sein breites, gutmütiges Grinsen begann sie zu irritieren, wenn sie seinem Blick begegneten.

»Komisch, daß noch keiner da ist«, wunderte sich Karlchen, das stumme Schulhaus betrachtend. »Wahrscheinlich sind Sie viel zu früh dran …«

»Zu frieh fir Schul, aba zu spät fir Kirche. Heite is erste Schultag, Herr Lehrer.« Er stellte den Besen ab und gab Peter die Hand. »Gumpizek. Schulhauswart. Kennen S' aba auch Gumpi sagen wie alle.«

»Melchior.« Peter schüttelte Gumpis Hand, und dann dämmerte es ihm: »Was haben Sie gesagt? Die sind schon alle in der Kirche? Ja, was ist denn mit meiner Uhr –? Was mach ich denn jetzt?«

Gumpi legte ihm beruhigend die Hand auf den Arm. »Wenn S' tichtig rennen, Herr Lehrer, kriegen S' noch Segen mit.«

Peter rannte los. Nach fünf Schritten stoppte er und rief zurück: »Wo beten die denn?«

»Wir in die unsre und die Evangelische in Kirche ihriges. Wo missen Herr Lehrer?«

»Was ist näher?«

»Wir – am Markt.«

»Tschau, Karlchen!« rief Peter, schon weit entfernt.

Karlchen ging zu ihrem Kombi und holte eine große Schultüte, die sie dem staunenden Hauswart in den Arm drückte.

»Für Herrn Melchior. Zu seinem ersten Schultag. Aber nicht schmeißen! Bitte.«

Gumpi stand da mit Besen und Tüte. »Die mecht Herrn Lehrer wohl sehr genieren«, grinste er, als sie in den Wagen stieg und weiterfuhr.

Rektor Nachtmann trat mit Peter im Gefolge in eine Klasse voll tobender Siebenjähriger. Im Nu war es still. Peter musterte die spannungsgeladenen grinsenden Kindergesichter, während Nachtmann ihn vorstellte.

»Das ist Herr Melchior. Er gibt euch vertretungsweise Unterricht, weil Frau Huber noch krank ist. Benehmt euch anständig! – Bitte, Herr Kollege.«

Kaum hatte der Rektor die Klasse verlassen, gingen sie in die Vollen. Kleine Biester mit Schielblick auf den Neuen: Naa? Wieviel läßt er sich gefallen? Wie weit können wir gehen?

Ihr Randalieren übertönte jeden Versuch einer Konversation in normaler Stimmlage.

»Na schön, dann nicht«, sagte Peter, packte die Tüte mit den Luftballons aus und begann, den ersten aufzublasen.

Das fanden sie saukomisch – ein pustender Lehrer. Als er aber den ersten prallen zudrehte und beiläufig mitteilte, daß er genügend Ballons für alle Kinder hätte, war der Krach immerhin so weit abgeflaut, daß die zuvorderst Sitzenden seine Worte verstehen konnten.

»Ich hab mir gedacht, wir blasen sie erst mal auf und malen

sie, und wer 'ne Geschichte über einen Luftballon weiß, erzählt sie«, schlug Peter vor.

Zuerst kamen drei, dann immer mehr, zuletzt das Mädchen, das sie alle davon hatte abhalten wollen, nach den Ballons des Lehrers zu grabschen, denn »das will er ja bloß, damit möcht er uns einfangen«.

Wenn Peter gehofft hatte, daß nun endlich Ruhe einkehren würde, hatte er sich geirrt. Jetzt begann der Kampf um die Ballons: Leni hat einen roten, ich will auch einen roten, Toni hat einen mit einer Nase, ich will auch einen mit Nase, ich mag keinen gelben – meiner läßt sich nicht aufblasen – meiner auch nicht ...

»Wer hilft beim Aufpusten?« brüllte Peter dagegen an.

Es meldete sich ein gutmütiges Trumm von einem Knaben, so einer, dem man von klein auf eingetrichtert hatte: Iß, damit du groß und stark wirst. Nun war er breit und fett.

»Ich, Herr Lehrer, ich kann das gut. Ich bin ja auch schon acht.«

Zwicknagel Alois hieß er und brachte zuerst die Ballons der Mädchen auf eine bestimmte Größe, von der ab sie alleine weiterpusten konnten.

Manche spielten Fußball mit ihnen, bis es knallte. Ein Knabe ging herum und stach – pfft! – in fremde Ballons. Das war der Auftakt zu einer Massenkeilerei, bei der die Mädchen gleichwertig mitmischten.

Peter ging tatkräftig dazwischen. Leider fehlten ihm acht Paar zusätzliche Arme, um die vielen Kampfhähne zu trennen.

In der darunterliegenden Klasse gab Oberlehrer Schlicht Rechenunterricht. Keiner hörte zu. Alle schauten gebannt nach oben, wo es rumste und dröhnte. Einmal flog ein Luftballon am Fenster vorbei abwärts.

Schlichts Empörung war mit einem großen Schuß Schadenfreude gewürzt: Jaja, die schlauen Junglehrer, die glauben, sie könnten besser mit der Jugend als die alten ...

»Ruhe!« brüllte Peter gleich im Dutzend. »Seid doch mal ruhig!«

Zu seiner Verwunderung wurde es nach wenigen Minuten tatsächlich stiller.

Übrig blieb ein trockenes Husten. Er wandte sich um. Es war der Zwicknagel Alois.

»Was ist los?« fragte Peter ihn. »Zu viele aufgeblasen?«

Alois konnte vor Husten nicht antworten.

Peter schaute ihn zum erstenmal prüfend an. Legte ihm die Hand auf die nasse, heiße Stirn.

»Du hast ja Fieber, Loisl.«

»Kann schon sein, Herr Lehrer.«

»Hoffentlich brütest du nichts aus.«

Peter schickte Loisl nach Hause. Der konnte sein Glück kaum fassen. Die Klasse beneidete ihn, einige quälten sich ein Krächzen ab, hielten ihre Stirn mit Leidensmiene.

»Hustet man schön, ich fall nicht darauf rein«, versicherte Peter.

Und dann läutete es zur Pause.

Na gut, die erste Stunde war noch kein Erfolg gewesen, aber immerhin ein Anfang.

Nicht unzufrieden mit sich selber, verließ er das Klassenzimmer. Ein Luftballon, von einem Fußtritt angefeuert, überholte ihn, Kinder stürmten nach.

Um den großen Tisch des Lehrerzimmers waren bereits vier Lehr»körper« beim zweiten Frühstück versammelt – Oberlehrer Schlicht, eine vollschlanke Mittfünfzigerin namens Frau Sommerblühn, Christl Schäfer, Lehramtsanwärterin wie Peter und genauso brandneu an dieser Schule, sowie ein Herr Weilhäuser, der so durchschnittlich aussah, daß sich die wenigsten sein Gesicht merken konnten. Was er sehr übelnahm.

»Ich dachte, eine Horde Affen turnt auf unsern Köpfen herum«, sagte Schlicht gerade, als Peter eintrat. »Einfach unmöglich. An Konzentration gar nicht zu denken –«, und brach ab, als er ihn in der Tür stehen sah.

Seine Kollegen staunten ihn wortlos und ohne Begrüßungslächeln an.

»Ich bin Peter Melchior. Einige von Ihnen kennen mich ja noch nicht.« Er wartete auf eine Reaktion. Sie blieb aus.

Schließlich sagte Frau Sommerblühn: »Aber gehört haben wir Sie alle schon.«

»Es war fürchterlich«, sagte Schlicht.

Peter hielt ihr vorwurfsvolles Abwarten nicht länger aus. Er ging in die Offensive: »Ja, ich weiß, es war zu laut. Tut mir leid. Hatte mir gedacht – erste Stunde nach den Ferien machst du es ein bißchen locker – so zum Anwärmen. Habe ich Luftballons gekauft. Die sollten sie malen, und wer 'ne Geschichte über sie wußte, sollte sie erzählen. Konnte ich ahnen, daß eine Keilerei draus wird ...«

Peter stand noch immer da wie ein Angeklagter. Das paßte ihm nicht. Als er trotzig werden wollte, reichte ihm die Mollige die Hand. »Ich bin Frau Sommerblühn. Herzlich willkommen, Herr Melchior.«

Danach begrüßte er Christl Schäfer. Sie hatte ein herbes, quadratisches, nicht unsympathisches Gesicht. Man sah Peter ihren unerwartet kräftigen Händedruck an.

Oberlehrer Schlicht konnte nicht umhin, eine Begrüßungs-ermahnung zu halten: »Obgleich Kollegin Sommerblühn Ihre Idee mit den Luftballons zu schätzen wußte, möchte ich Sie als ältester und langjähriger Lehrkörper hier an der Schule darauf hinweisen, daß bei uns noch immer eine gewisse Zucht und Ordnung vorrangig geschätzt wird. Das Kreative, wie Sie es heutzutage zu nennen pflegen, ist bei uns nur erwünscht, sofern es nicht zum Chaos führt.«

»Es war kein Chaos«, verteidigte sich Peter, »es war nur laut. Ich habe ja schon gesagt, es tut mir leid.«

Frau Sommerblühn machte eine beschwichtigende Geste: Nehmen Sie es nicht so ernst!

Nachdem Karlchen dem Hauswart Gumpizek die Schultüte in die Hand gedrückt hatte, fuhr sie zum Schmalzlerhof, auf dem Benedikt Kreuzer hauste. Sein Anblick war von freudlo-ser Romantik – romantisch für denjenigen, der nicht darin wohnen mußte. Für Benedikt überwog die Freudlosigkeit.

Der Hof bestand aus einem einstöckigen Wohnhaus mit tief heruntergezogenem, notdürftig geflicktem Dach, ange-bautem Stall, einer Scheune und einem Hühnerstall. Türen standen offen in windschiefen Stöcken – alles sah so verlas-sen aus, als ob seine Besitzer die Einsamkeit und Armut nicht länger ertragen hätten und vor kurzem davongegangen wä-ren, ohne abzuschließen.

Karlchen holte ein Winkelrohr aus dem Kombi und ging damit auf das Haus zu. Sie betrat über einen engen Flur ei-nen niederen, großen Raum mit schwarz verräucherten Wän-den da, wo der große, alte Herd stand. Unterm Fenster zog sich eine Eckbank um einen rohen Schragentisch. Der Stein-boden war ausgetreten. Bis auf zwei Stühle und ein Wandbord gab es kein Mobiliar. Geradezu bizarr wirkte in dieser Umgebung eine teure Stereoanlage.

»Hallo?« fragte Karlchen durchs Haus. »Sind Sie nicht da?« Und erschrak sehr, als hinter einem Verschlag Wasser zu plätschern begann.

Die Tür sprang auf, Benedikt stürzte mit platschnassen Kleidern heraus und tanzte völlig ungehemmt vor Freude: »Sie funktioniert! Sie funktioniert!«

»He, Rumpelstilzchen«, sprach Karlchen ihn an.

Er zuckte zusammen – eine fremde Stimme in seiner Eremitage! Dann sah er das Mädchen.

»Ach, Sie – das ist aber nett! – Tagchen.«

Karlchen zeigte ihm das Winkelrohr. »Ich hab das in meinem Wagen gefunden. Gehört es zufällig Ihnen?«

»Lieb, daß Sie deshalb noch mal vorbeigekommen sind. Mögen Sie einen Tee? Ich mach einen – sofort. Aber erst müssen Sie meine Dusche bewundern.«

Er öffnete den Verschlag weit, Karlchen betrachtete die Konstruktion.

»Auf dem Dach ist der Wasserboiler. Hier oben habe ich einen alten Klokasten montiert, daran zwei Winkelrohre und die Brause. Wenn ich jetzt an der Strippe vom Klokasten ziehe ...« Er zog. Es plätscherte aus der Brause.

»Phantastisch«, sagte sie.

»Leider nur kaltes Wasser. Aber immerhin –« Benedikt zog noch mehrmals verzückt.

Karlchen schaute sich inzwischen um. »Schon verdammt einsam bei Ihnen. Hier sagen sich wohl die Füchse gute Nacht.«

»Hier sagen sich die Füchse bereits beim Frühstück gute Nacht«, versicherte er, gab seine Wasserspiele auf, um Wasser für Tee aufzusetzen.

»Warum leben Sie hier?« fragte sie.

»Ich bin zur Zeit arbeitslos. Unser Architektenteam ist aufgelöst. Wir kriegten nicht mehr genug Aufträge.«

»Und warum sind Sie nicht in Berlin geblieben? Glauben Sie, hier finden Sie eher einen Auftrag?«

Er schüttelte den Kopf. »Nein.«

»Wenn alle, die arbeitslos sind, in den Wald gingen –« Sie brach ab. Ihr war nicht ganz klar, was dann wäre.

»Kommen Sie, ich zeig Ihnen den Hof.«

Karlchen durfte den Stall, die ehemalige Milchkammer, das Stromaggregat und den Backofen bewundern.

Auf einer Tür standen mit Kreide die Buchstaben PC. Das waren die Initialen vom Plumpsklosett.

Zuletzt öffnete Benedikt das Tor zur Scheune. Sie war leer bis auf einen Sportwagen.

»Vermutlich Ihr Traktor«, sagte Karlchen. »Wie sind Sie eigentlich zu diesem Rittergut gekommen? Familienbesitz?«

»Ich habe den Hof von einem Berliner Bauherrn statt Honorar gekriegt. Der wollte hier mal Wochenendbauer spielen, aber dann kam ihm der Konkurs dazwischen.«

»Sie haben wohl nur mit Pleiten zu tun?«

»Na, hören Sie mal – meine Dusche zum Beispiel ist ein Erfolg.«

Karlchen sah sich noch einmal rund um und entschied: »Das kann man hier richtig schön machen ...«

»Schön nicht, aber einigermaßen bewohnbar«, schwächte Benedikt ab. »Ich versuche jetzt, die Bruchbude herzurichten.«

»Ganz alleine?«

»Hab ja genug Zeit«, sagte er. »Und dann hoffe ich, einen Käufer zu finden.«

Inzwischen war das Teewasser verkocht. Benedikt wollte

31

ihr etwas anderes zu trinken anbieten, aber Karlchen entschied nach einem Blick auf die Uhr: »Ich muß noch mal nach Nebel. Muß doch wissen, was der Peter Melchior an seinem ersten Schultag durchgemacht hat.«

»Melchior – das ist Ihr Freund.«

»Meine andere Zufallsbekanntschaft, mit der ich aus München hergekommen bin. Sie müssen ihn kennenlernen.«

»Warum?«

»Weil er genauso allein hier rumhängt wie Sie. Wenn Sie beide Ihre Einsamkeit in einen Pott schmeißen würden –« Ihr kam plötzlich ein Gedanke. »Wieviel Zimmer haben Sie eigentlich?«

»Die Küche, eine Stube, drei Kammern ... Warum fragen Sie?«

Karlchen strahlte ihn an. »Mich interessiert einfach alles.«

Es war Mittag. Aus dem Schulhaus strömten Kinder – große, kleine, mit Rad, ohne Rad, dazwischen Peter Melchior, tief in Gedanken. Wie ein Sieger wirkte er nicht gerade, aber auch nicht gebrochen. Nach der großen Pause hatte er seine zweite Kraftprobe an diesem Vormittag bestehen müssen, die erste Unterrichtsstunde in der Sechsten, deren Klassenlehrer er von nun an sein würde. Er hatte an der Tafel gestanden, vor sich das wenig ermutigende Bild von Schülern, die Schafskopf spielten, sich miteinander unterhielten und nichts ausließen, um ihm das Leben schwer zu machen. Am schlimmsten hatte es der kleine Andi Anders getrieben, der Sohn von Frau Anders aus dem Kaufhaus, die so besorgt gewesen war, daß er sich als Zugereister nicht durchsetzen könnte.

Als Peter in die Straße einbiegen wollte, holte ihn der Hausmeister ein: »Herr Lehrer!«

»Schönen Dank, daß Sie mich heute früh gerettet haben.«

»Is wichtig, haben noch letzte Zipfel von Andacht erwischt ... Hab ich iebrigens was fir Ihna, Momment.« Gumpizek lief ins Haus zurück und kam mit der Schultüte wieder.

»Ach, du Schande«, staunte Peter. »Sagen Sie bloß, die ist für mich.«

»Von de Freilein. Zu ersten Schultag.«

Peter machte hoffnungslose Versuche, die Tüte vor den Blicken der Schüler zu verbergen, sie grölten vor Vergnügen.

»So eine Schnapsidee.« Einen Moment lang hatte er sehr ärgerliche Gedanken für Karlchen.

»Kopf hoch, Herr Lehrer«, ermutigte ihn Gumpizek voller Mitgefühl.

Sieben Minuten dauerte sein Spießrutenlauf mit der Tüte im Arm durch die Straßen, dann hatte er seine Untermiete erreicht, ohne Frau Obermayer zu begegnen. Er setzte sich auf sein Bett und zog die Tüte zwischen die Knie, um ihren Inhalt auszupacken: eine Flasche Obstler, Wurst- und Käsesemmeln, eine saure Gurke, Gummibärchen und einen handbemalten Keramikbecher aus Montabaur.

Peter biß in eine Semmel, nachdem er sie aufgeklappt und nachgeschaut hatte, was drauf war. Er nahm einen Schluck Obstler und wollte sich gerade auf dem Bett ausstrecken, um sein Dasein zu überdenken, als es an der Haustür klingelte.

»Herr Melchior! Besuch!«

Über das Stiegengeländer gebeugt, sah er Karlchen und den blonden Schönling, mit dem sie gestern davongefahren war, im Hausflur stehen.

»Kommt rauf«, forderte Peter die beiden auf.

»Geht nicht.« Karlchen zeigte auf Benedikt. »Er weigert sich, die Schuhe auszuziehen.«

33

Das gefiel Peter nun wieder an dem Typ.

»Wir wollen essen gehen. Kommen Sie mit?«

»Gerne«, rief er, erfreut, sein Zimmer verlassen zu können.

»Benedikt Kreuzer«, stellte sich der Blonde vor. »Karlchen wollte unbedingt, daß wir uns kennenlernen.«

Peter gab ihm die Hand: »Da kann man nichts machen. – Übrigens schönen Dank für die Schultüte. Das war vielleicht ein Einfall.«

»Fanden Sie nicht gut?« fragte sie.

»Den Inhalt schon.« Er wandte sich an Benedikt: »Würden Sie gern als neuer Lehrer mit einer Schultüte durch den Ort marschieren?«

Benedikt überlegte kurz: »Ich fürchte, dazu fehlt mir die innere Größe.«

»Mir auch.« Peter studierte die außen angeschlagene Speisekarte. »Ißt man hier gut?«

»Schmeckt alles wie eingeschlafene Füße und die Nachspeisen wie toter Friseur, aber die Bedienung ist nett.«

Später, nachdem sie gegessen hatten, lehnte sich Karlchen zurück und wollte wissen, wie Peters erster Schultag verlaufen war.

»Nicht doll, möchte sagen – deprimierend. Steht man da wie ein Depp und weiß nicht, wie man auf die provozierenden Kraftakte der Kinder reagieren soll: Was erwarten sie von einem? Wie kommt man am besten an sie heran? Da merkt man erst mal, daß man null Ahnung von Pädagogik hat.«

»Lernen Sie das nicht auf der PH?« fragte Benedikt.

»Jede Menge Theorie haben wir gelernt, bloß nicht, wie die Praxis aussieht. Das wissen die Dozenten wahrscheinlich selber nicht. – Prost!«

Benedikt überlegte, den Bierschaum vom Mund wischend: »Ich stell mir vor, ich habe eben mein Examen gemacht und werde auf dreißig Kinder losgelassen.«

»Fünfunddreißig«, korrigierte Peter. »Und die probieren erst mal aus, wie weit sie mit dem Neuen gehen können. Da gibt es so Momente, wo 'ne weniger robuste Frohnatur als ich das Handtuch wirft und die Kurve kratzt.«

»Einen Arzt, der gerade fertig geworden ist, läßt man ja auch nicht gleich an einen komplizierten Blinddarm ran«, sagte Benedikt.

»Fünfunddreißig Blinddärmer«, erinnerte Karlchen und schaute auf die Uhr. »Ich muß leider weiter.« Sie wollte ihre Schlachtplatte bezahlen, aber das erlaubten ihre männlichen Zufallsbekanntschaften nicht.

Beide brachten Karlchen zum Auto.

»Schönen Dank noch mal – auch für die verdammte Tüte«, sagte Peter, und Benedikt wünschte ihr toi, toi, toi für ihre Bayerntournee.

Karlchen fiel es richtig schwer, von ihnen fortzufahren. »Vielleicht überlegen Sie sich mal, ob Sie nicht doch zusammenziehen.«

»Okay, machen wir«, versprachen sie ohne Überzeugung.

Es entstand eine Pause.

Weil keiner auf die Idee kam, sie um ein Wiedersehen zu bitten, nicht mal höflichkeitshalber, erwähnte Karlchen, daß sie noch mindestens eine Woche in Niederbayern zu tun hätte.

Da endlich kam Benedikt auf die Idee, »Wenn Sie Lust und Zeit haben, schauen Sie noch mal vorbei« zu sagen.

»Ja, vielleicht geht's noch mal. Vielleicht übermorgen – Wiedersehen ...«

Beide Männer winkten dem abfahrenden Kombi nach, standen noch einen Augenblick auf dem besonnten Platz, wo die Marktfrauen ihre Stände abbauten.

»Die hat einen echten Sorgetrieb«, sagte Peter schließlich.

»Ja.«

»Komisches Mädchen.«

»Aber nett«, meinte Benedikt.

In diesem Augenblick kam der dicke Loisl aus der zweiten Klasse direkt auf sie zugeradelt.

»Herr Lehrer, ich war beim Doktor«, meldete er wichtig. »Ich hab die Masern.«

»Du hast was?« fragte Peter erschüttert.

»Die Masern. Pfüet di, Herr Lehrer. Ich radel nun ins Bett.«

Peter schaute ihm bekümmert nach. »MannohMann.«

»Masern sind doch nicht tragisch.«

»Der Loisl hat der halben Klasse beim Aufblasen der Ballons geholfen. Nun stellen Sie sich mal vor!«

Benedikt stellte sich vor und lachte. »Sie meinen, er hat die Klasse mit Masern verseucht?«

Sie trennten sich ohne Verabredung, weil viel zu verschieden, um im anderen einen möglichen Freund zu sehen.

Peter war ein drahtiger, sportlicher, geradeaus denkender Sonnyboy aus einer Handwerkerfamilie, Bendikt der verhätschelte Sohn einer vor einigen Jahren verstorbenen Berliner Modeschöpferin, sensibel, musisch, labil, völlig unsportlich und Kettenraucher.

Vielleicht würden sie sich mal auf ein Bier zusammensetzen, wenn es sich zufällig ergab ...

Was die zweite Klasse anbelangte – nach Ablauf von neun Tagen leerte sie sich schlagartig. Außer den Schülern, die sich bereits zu einem früheren Zeitpunkt bei älteren Geschwistern mit Masern versorgt hatten und somit immun gegen Ansteckung waren, kam keiner mehr zum Unterricht. Man schickte auch sie nach Hause und schloß die Klasse vorübergehend. Und daran war nur der LAA Melchior mit seinen Luftballons schuld.

Karlchen hatte Niederbayern nach Aufträgen durchforstet und abgehakt, Peter und Benedikt mehrmals besucht und steuerte nun das Betonsilo in München an.

Auf der Couch im Wohnzimmer empfingen sie Onkel Ernst und Marianne einträchtig beieinander hockend und klagten synchron: »Wo warst du, Charlotte?«

Ihren Koffer absetzend, versuchte sie eine Entschuldigung: »Ich hab ja nicht gewußt, daß ihr in München seid.«

»Du hast auch nie in Montabaur angerufen«, sagte Onkel Ernst vorwurfsvoll. »Seit sieben Tagen nicht.«

Und Marianne im gleichen Tonfall: »Du hast auch noch keinen Auftrag geschickt.«

Und dann wieder beide synchron: »Was treibst du, Charlotte? Gib Laut!«

Karlchen holte tief Luft. »Kann ich mich nicht erst mal über euch freuen?«

Da verschoben sie ihre Vorwürfe auf später und breiteten endlich die Arme aus.

Onkel Ernst war ein Zweizentnerbrocken so um die Sechzig. Marianne, die seit fünfzehn Jahren diesen Choleriker ertrug, wirkte neben ihm mit ihrer Knabenfigur und den kurzen, verwuschelten Haaren wie ein alternder Teenager. Die Fünfzig sah man ihr auf gar keinen Fall an.

Beide bildeten den Grundstock »Zuhause« für Karlchen, die mit zehn Jahren ihre Eltern verloren hatte. Es gab damals

37

nähere Verwandte als Onkel Ernst – Schwestern und Brüder ihrer Eltern, aber die blätterten genügend Gründe auf, die sie davor bewahrten, das Kind aufzunehmen. Nur der entfernte Ernst und seine Marianne hatten keinen Augenblick überlegt. »Bei uns wird sowieso alles abgeladen, was andere nicht haben wollen.«

So waren sie im Laufe der Jahre nicht nur zu Karlchen, Katzen, Hund und anderen Heimatlosen gekommen, sondern auch zu dem zwergenwüchsigen Eduard Lauterbach, der in einem Heim aufgewachsen war und nun kunstvoll ihre Keramiken bemalte.

Nach dem Begrüßungsterzett begehrte Onkel Ernst Auskünfte zu hören. Erstens: »Wo kommst du eigentlich her?«

»Aus dem Bayerischen Wald.«

»Du wolltest doch in München anfangen?« setzte er sein Verhör fort.

»Ich – ich habe mir gedacht, mach es mal von oben rechts nach unten links.«

»Was?« Marianne kam nicht ganz mit.

»Na, Bayern. Ich meine, wenn man vor der Landkarte steht.«

Onkel Ernst und Marianne stellten sich das geistig vor.

»Und was«, fragte er, »hast du bisher oben rechts erreicht?«

Karlchen nahm ihre Tasche, zog ihre Unterlagen heraus und gab sie ihm.

»Das sind die Aufträge.«

Er begann sofort eine Suche durch all seine Taschen nach der Brille.

»Was ist zu Hause los?« wollte sie von Marianne wissen. »Sind alle gesund?«

»Lauterbach macht sich Sorgen, weil du gar nicht schreibst.«

»Ich habe ihm eine Karte geschrieben«, erinnnerte sie sich.

»Hast du sie auch eingesteckt?«

»Nein, leider. Ich hatte keine Marke.«

Vor dem Tisch stehend legte Onkel Ernst – langsam lesend – Auftrag für Auftrag ab. Die Brille hing kurz vorm Absturz auf dem äußersten Ende seines Nasenplateaus.

»Sag mal, ist das wirklich alles?« fragte er erschüttert.

»Ich habe mich irre bemüht«, versicherte Karlchen.

»Hör dir das an, Marianne: sechs Rosamunde – 11 Westerwald – 21 Milchtöpfe – dreimal Montabaur für sechs Personen – acht Emser Teller und 15 Bischofskrüge.« Er nahm die Brille ab und sah anklagend auf. »Das ist die Ausbeute von zehn Tagen! Das deckt ja nicht einmal die Unkosten!«

»Die Gegend ist nicht die reichste«, erinnerte Karlchen.

»Warum bleibst du dann da?«

»Ich gehe systematisch Ort für Ort vorwärts. Ich besuche jedes Kaufhaus, jedes Haushaltswarengeschäft, jeden Supermarkt und jede Boutique ...«

Marianne betrachtete sie nachdenklich. »Wen besuchst du eigentlich noch?«

»Ich? Wie kommst du'n darauf?«

»Du wirst ja rot, Puppchen«, amüsierte sie sich.

Karlchen lief prompt rot an und ärgerte sich darüber. »Wen soll ich denn noch besuchen? Kennst *du* einen im Bayerischen Wald? Na also. Und selbst wenn – ist ja schließlich mein Bier! Bin ja alt genug, oder?«

»Warum schreit sie denn so?« erkundigte sich Ernst bei Marianne.

»Weiß auch nicht. Nehme an, sie kriegt ihre Tage, dann ist sie immer so gereizt.«

Am selben Abend betrat Peter, dem die Decke seiner trostlosen Untermiete auf die Stimmung gefallen war, das Gasthaus am Markt in der Hoffnung auf irgendeine Ansprache. Das Wetter war seit zwei Tagen ungewöhnlich warm, auch die Abende – in München saßen seine Spezis vielleicht schon im Biergarten ... Mann, hatten die es gut.

Selbst gefestigte Frohnaturen mit ausreichendem Innenleben wie Peter verloren an Frohnatur, wenn sie Abend für Abend mit sich selber schweigen mußten. Und das am A ... der Welt ohne Auto.

Peter betrat also die Gaststube und fühlte sich sogleich rundum von neugierigen Blicken angefaßt: der neue Lehrer auch mal hier.

Auf der Suche nach einem Platz kam er am Honoratiorenstammtisch vorüber, wo die Karten zwischen Bierkrügen und Aschenbechern, aus denen es qualmte, auf die Tischplatte knallten. Ein Spiel war gerade zu Ende, Oberlehrer Schlicht schob mit der flachen Hand die Blätter zusammen und erkannte Peter: »Ach, sieh da, Herr Melchior!«

Nanu, dachte Peter, über die Maßen irritiert durch einen Anflug von Freundlichkeit in Schlichtens Stimme. Und blieb stehen.

»Mein frischgebackener Kollege Melchior – Herr Bauunternehmer Finkenzeller, Herr Apotheker Frischler, Herr Hirn vom Kaufhaus Hirn«, stellte Schlicht vor.

Finkenzeller, schwarzkräuslig, stiernackig, in ländlich vornehmes Loden gekleidet, dröhnte jovial: »Na, wie gefällt Ihnen unser liebes Nebel? Schon umgeschaut?«

Seine Frage erwartete diktatorisch eine positive Antwort.

»Oh, danke«, sagte Peter, was an sich keine Antwort war.

»München ist es natürlich nicht«, sagte Apotheker Frischler. »Aber auch wir haben kulturell was zu bieten. Zum Beispiel unser kleines Orchester. Wir geben regelmäßig Konzerte. Spielen Sie ein Instrument?«

»Leider nein«, bedauerte er. »Musik ist nicht meine Stärke ...«

Worauf der Stammtisch das Interesse an ihm verlor und Schlicht die Karten mischte, bevor er sie an Apotheker Frischler weitergab.

Peter wartete noch einen Augenblick ab, aber es kümmerte sich keiner mehr um ihn. Da ging er weiter auf der Suche nach einem freien Platz und entdeckte Benedikt Kreuzer. Die Striche auf seinem Bierfilz zeigten an, daß er auf dem direkten Wege war, sich abzufüllen.

»Hallo, Professor«, schaute Benedikt hoch und wies auf die drei leeren Stühle an seinem Tisch.

»Wenn Sie rasch – hick – zugreifen, kriegen Sie hier noch'n Platz.«

Peter setzte sich, aber es kam zu keiner Unterhaltung, weil Benedikt mit einem fein unterdrückten Schluckauf beschäftigt war.

»Haben Sie schon den Trick mit dem Glas probiert?«

»Nee – hick – wie geht der?«

»Also – Sie müssen das Glas mit dem äußeren Rand an den Mund setzen und beim Trinken die Nase zuhalten.«

Benedikt sah ihm dabei zu. »Ziemlich umständlich.« Und machte folgsam alles nach. Beide schauten erwartungsvoll.

Ein weiterer Schluckauf riß ihn von innen hoch.

»Sie müssen was falsch gemacht haben. Versuchen Sie's noch mal!«

Benedikt nahm das Glas, trank aber nicht, sondern lauschte in sich hinein.

»Er ist weg.«

»Ohne Glas?«

Benedikt prüfte nochmals in sich hinein.

»Nichts mehr.«

41

»Schade«, sagte Peter. »Dann probieren Sie's beim nächsten Mal mit dem Glas.«

Benedikt zeigte auf sein Bier. »Ich probier es schon 'ne ganze Weile mit dem Glas.«

Pause.

»Gibt's hier eigentlich vernünftige Torten?« erkundigte sich Peter unvermittelt.

(Anmerkung: »Torte« ist eine Variante aus dem Konditorbereich, sie meint dasselbe wie Biene, Mieze, Mutter, Ische, Zahn, also ein Mädchen.)

»Die drei Spitzenmädchen von Nebel sind alle in festen Händen, beziehungsweise Fäusten, wenn man sie anzumachen wagt«, hatte Benedikt bereits ergründet. »Ja, bin ich lebensmüde!? Außerdem habe ich sowieso keine Lust ...«

»Nicht?« Das konnte Peter nicht verstehen. »Also ich immer.«

Seit drei Wochen zappelte er bereits auf dem Trocknen, wenn das so weiterging ...

»Übrigens habe ich eben bei unseren Honoratioren verschissen.«

»Ach nee – warum?«

»Ich spiele kein Instrument.«

»Bei mir haben sie auch schon vorgefühlt. Sie suchen dringend einen Flötisten für ihr Orchester. Der letzte ist ihnen weggestorben.«

Sie tranken ihr Bier und schauten in die Runde.

»Haben Sie mal was von Karlchen gehört?« fragte Benedikt nach einer Weile.

»Nein. Sie?«

»Auch nicht. Kaum gewöhnt man sich an sie, kommt sie nicht mehr.«

»Vielleicht sollten wir sie mal anrufen.«

»Ja, bloß wo?«

»Ich hab ihre Nummer in München.«

Aber dann tranken sie sich fest.

Irgendwann fiel ihnen Karlchen wieder ein. Das war so gegen elf Uhr dreißig.

Sie begaben sich an die Theke, um sie anzurufen. Benedikt drehte die Nummern, die Peter ihm diktierte.

Es tutete mehrere Male, bis Karlchen sich meldete.

»Hallo, Karlchen. Wir sind hier«, verkündete Benedikt aufschlußreich.

»Was sagt sie?« fragte Peter.

»Sie macht erst mal Licht.«

»Dann hat sie also schon geschlafen.«

»Ja. Sehr unangenehm. Müssen wir ihr schon was Liebes sagen.«

»Warum?« forschte Peter, der dagegen war.

»Weil wir sie aufgeweckt haben.«

»Aber was sagen wir ihr?«

»Na, vielleicht, daß wir sie vermissen.«

Peter überlegte. »Vielleicht nicht so direkt. Sonst versteht sie das falsch.«

»Wir sind ja zu zweit«, beruhigte ihn Benedikt, »da ist das ganz un- un-« Er suchte nach dem passenden Wort, es fiel ihm bloß nicht ein.

»Karlchen macht aber lange Licht.«

Endlich schrie sie ins Telefon, daß selbst Peter es hören konnte: »Also, daß ihr mich anruft, das find ich echt stark! Wie geht's euch denn? Erzählt doch mal!«

»Nicht doll«, versicherte Benedikt. »Peter auch nicht. Er hat's bloß näher zum Wirtshaus als ich.«

»Ihr habt wohl schon eine ganze Menge geschluckt, wie? Ihr sollt nicht soviel saufen«, mahnte Karlchen besorgt.

43

Im selben Augenblick tauchte in der Wohnzimmertür Marianne auf, den Gürtel des Bademantels eng um ihre Taille ziehend. Die kurzen Locken fielen in ihr vom Schlaf zerknittertes Kindergesicht.

»Wer ist denn dran?« wollte sie wissen.

Karlchen winkte ab: »Gleich«, und ins Telefon:

»Jetzt geht aber heim. Geht wirklich! Hört ihr? – Und überlegt euch das mit dem Zusammenziehen.«

»Sag bloß, das war der Bayerische Wald!«

»Woher weißt du?«

»Und nicht bloß einer – gleich zwei?« staunte Marianne.

»Purer Zufall. Ich habe sie beide innerhalb 24 Stunden kennengelernt.«

»Und in welchen von beiden bist du verliebt?« interessierte sich Marianne.

»Verliebt?« Karlchen schob das Thema erschrocken von sich. »Darüber habe ich noch gar nicht nachgedacht. Ich könnte auch wirklich nicht sagen, welchen von beiden ich netter finde. Ich möcht's auch nicht. Wir sind eben Freunde, verstehst du?«

Marianne lächelte nicht ohne Zweifel.

»Und außerdem sind sie auch überhaupt nicht in mich verknallt«, versicherte Karlchen, ehe sie in ihr noch angewärmtes Bett auf dem Sofa kroch.

»Du kommst mit zu mir. Du kannst nicht mehr Auto fahren«, beschloß Peter, als er mit Benedikt aus dem Wirtshaus stolperte.

»Warum kann ich nicht?«

»Weil du besoffen bist!«

Mit seitlich ausbuchtenden Schritten überquerten sie den

44

Markt in Richtung Obermayersche Untermiete. Vor der Tür legte Peter den Finger auf den Mund. Dann schloß er geräuschvoll auf.

»Meine Wirtin ist eine Bisgurn.«

»Was ist eine Bisgurn?« fragte Benedikt, als sie auf die Treppe zustolperten.

»So eine wie meine Wirtin.«

»Aha.« Benedikt blieb stehen. Sein Zeigefinger fuhr auf die exakt ausgerichtete Parade von Schuhen im Flur los. Dabei hatte er eine hübsche Vorstellung: Schuhe am Garderobenhaken, auf dem Schrank, in der Lampenschüssel, im Schirmständer ...

»Was meinst du, Peter?«

Bei der Verwirklichung dieser Idee fielen ihnen immer neue Dekorationsmöglichkeiten ein. Dabei kicherten sie wie höhere Töchter.

Benedikt bemerkte zuerst Frau Obermayer im Nachtgewand.

»Schau mal«, rief er, »ein Spuk!« und scheuchte sie »kschscht, kscht« vor sich her.

Peter lachte röhrend. »Das ist doch meine Wirtin!«

»Ich weiß.«

Frau Obermayer holte tief und haßerfüllt Luft: »Sie sind gekündigt, Herr Melchior.«

»Gnä Frau –« Er suchte nach den Resten seiner Würde. »Ich kündige hiermit zurück.«

Ohne sich weiter um Frau Obermayer zu kümmern, stiegen beide mit Schuhen die Treppe hinauf und warfen die Tür hinter sich zu.

»So«, begriff Peter, auf sein Bett fallend, daß die Matratze krachte, »jetzt bin ich obdachlos.« Karlchens Schultütenschnaps fiel ihm ein. »Darauf müssen wir einen trinken.« Er

45

hielt Benedikt die Flasche hin. »Sag mal, kann ich wirklich bei dir wohnen, bis ich was Neues gefunden habe?«

Während Peter am nächsten Morgen schwer verkatert zur Schule schlich – (Erste Stunde auch noch Turnen – bloß keine Übungen, bei denen er sich bücken mußte!) –, packte Benedikt nicht weniger ölköpfig Peters Siebensachen in Koffer und Taschen, nahm versehentlich den geigenden Eremiten von der Wand, was zu Handgreiflichkeiten mit Frau Obermayer führte, und verließ erst das Haus, nachdem sie die halbe Miete für den angebrochenen Monat wieder herausgerückt hatte. Für sich selbst vermochte er wenig durchzusetzen, für andere war Benedikt stark.

Nach dem nächtlichen Anruf aus Nebel hielt Karlchen nichts mehr in München. Sie gab Marianne und Onkel Ernst keine Chance zu einer Diskussion, sondern haute einfach ab, einen Zettel hinterlassend: Ich bin heute in Wasserburg.

Am späten Vormittag erreichte sie den Schmalzlerhof.

Vor der Haustür parkte Benedikts offener Wagen, aus dem Rücksitz ragte Peters Hab und Gut. Na bitte, dachte sie zufrieden, er zieht ein. Hatte sie also erreicht, was sie wollte.

Sie suchte im ganzen Haus und fand Benedikt in einer Kammer, von einem gekippten Schrank mit Hammer und Meißel die Füße abklopfend. Anschließend richtete er ihn auf und versuchte, ihn durch die niedere Kammertür zu schieben. Er war immer noch zu hoch.

Karlchen sah ihm dabei zu. »Er muß doch mal durch die Tür gegangen sein, sonst wär er jetzt nicht drin«, folgerte sie logisch.

»Ja. Eben. Aber er läßt sich nicht zerlegen.«

»Vielleicht hat man die Kammer um ihn herumgebaut.«

Und dann erst begrüßten sie sich herzlich.

»Karlchen ist wieder da!«

»Ja, schön, nicht?« fand sie auch.

»Ich ziehe gerade Peter ein. Seine Wirtin hat ihn rausge-
schmissen. – Ist doch ein nettes Zimmer, oder?« Er sah sich
beifällig um.

Karlchen sah sich auch um: eine Matratze, ein Tisch, zwei
Stühle und das Ungetüm von Schrank, das alles erdrückte.

»Ja, nett«, sagte sie. »Vielleicht noch ein paar Gardinen
und ein Nachtkastl.«

»Müssen wir mal im Schuppen nachsehen.«

Im Schuppen gab's viel Sperrmüll vom ehemaligen bäuer-
lichen Besitzer. Benedikt und Karlchen stiegen suchend darin
herum.

»Sagenhaft, was man daraus alles machen könnte«, begei-
sterte sie sich, einen dreibeinigen Schemel hochhebend, und
kreischte auf. Denn dahinter schaute sie jemand ausdrucks-
los grinsend an.

»Was ist denn?«

»Da sitzt einer«, sagte sie dünn.

Benedikt stieg zu ihm hinüber. »Das ist Herr Mallersdorf.
Der tut nichts.«

Herr Mallersdorf war eine Schaufensterpuppe für reife, vollschlanke Herrenmode. Er blies ihm den Staub aus dem Gesicht, damit sie ihn besser betrachten konnte.

»Das ist kein Einheimischer, oder?«

»Nee. Aus Berlin. Eine Freundin hat ihn mir mitgegeben,
damit ich hier etwas Gesellschaft habe.«

»Weiß Ihre Freundin, daß Herr Mallersdorf im Schuppen
hausen muß?«

»Nein, weiß sie nicht. Aber wo soll ich sonst mit ihm hin?
Möchten Sie das Glotzauge um sich haben!?«

Karlchen betrachtete ihn überlegend. »Ich stelle mir gerade vor, er würde neben mir sitzen – im Profil ist er doch ganz nett. Würden Sie ihn unter Umständen verpumpen?«

»Sagen Sie bloß, Sie sind scharf auf den Typ?«

»Scharf nicht, aber soviel allein in einsamen Gegenden – vor allem abends – wenn da einer neben mir als Beifahrer sitzen würde ... wenigstens eine männliche Attrappe ...«

Benedikt trug den steifen Kerl aus dem Schuppen und setzte ihn auf die Bank vorm Haus. »Sie können ihn gerne haben.«

»Oh, danke. Haben Sie was dagegen, wenn ich ihn umtaufe?«

»Nö, warum?«

»Ich möchte ihn *Müller*-Mallersdorf nennen, dann heißt er auch nach mir.« Sie strich über sein graues, starres Haar. »Aber mir gefällt nicht, was er anhat. Unterhemd und Unterhose. Nicht mal Socken.«

»Paar Fummel brauchte er schon«, sah Benedikt ein, »und Latschen.« Sah anschließend auf seine Uhr. »Ich muß jetzt den Lehramtsanwärter von der Schule abholen. Er weiß ja noch gar nicht, wo er von heute an wohnt.«

»Ich fahr schon«, sagte Karlchen, in ihrer Jeanstasche nach den Autoschlüsseln grabend. »Machen Sie man inzwischen Mittag.«

Benedikt fand diese Rollenverteilung nicht so gut. Er hätte lieber Peter abgeholt als gekocht. Schließlich beherrschte er nur Tütensuppen und Dosen mit Fertiggerichten und das Aufbrühen von Würsteln, bis sie platzten. Und haßte den Abwasch und das Wegräumen und überhaupt – Scheißhaushalt.

Aber zuerst einmal wollte er Herrn Müller-Mallersdorf bekleiden. Er suchte ein T-Shirt, Halstuch, ein paar ausgefranste Jeans mit durchgescheuerten Knien heraus.

Das Anziehen war gar nicht so einfach, wie er sich das

vorgestellt hatte. Der Kerl war steif in den Gelenken, er gab so gar keine Hilfestellung – halt doch mal stille, Mensch, kipp nicht immer um – rechtes Bein – linkes – und jetzt ein hochziehender Griff mit beiden Händen bis zur Taille. So. In der Hose war er drin.

Peter freute sich, als er Karlchens Kombi vor der Schule parken sah.

»So rasch hatte ich Sie nach unserm nächtlichen Anruf noch gar nicht erwartet.«

»Offiziell besuche ich gerade einen Kunden in Wasserburg. Steigen Sie ein. Ihre Klamotten sind schon auf dem Schmalzlerhof. Da bring ich Sie jetzt auch hin.« Sie wirkte auf den angeschlagenen Peter bestürzend munter. »Wie geht's Ihnen denn?«

»Den letzten Ölkopf hatte ich an dem Tag, als ich vom Militär entlassen wurde«, erinnerte er sich, während sie in westlicher Richtung aus Nebel herausfuhren. »Ich trink ja selten was. Weiß der Henker, was gestern abend in mich gefahren ist. Nicht nur in der Wirtschaft. Wir Deppen haben uns auch noch den Schnaps aus Ihrer Schultüte eingeholfen und randaliert. Irgend so einen Schuhsong haben wir gesungen – selbstgemacht – vielleicht erinnert sich Benedikt noch an den Text.«

»Er sagt, ihm fehlen ganze Filmrollen, was die letzte Nacht anbelangt. Aber er mußte wenigstens heute früh nicht in die Schule. War's eigentlich schlimm?«

»Peinlich. Der Rektor hat mich kommen lassen – von wegen Vorbild für die Jugend und so, und daß es ein ›Schkandal‹ gewesen wäre, wie wir uns benommen hätten.«

»Woher wußte er denn schon davon?«

»Nehme an, die Obermayerin hat noch heute nacht einen reitenden Boten mit der Nachricht von meinem Rausschmiß durch Nebel geschickt.«

»Und Ihre Schüler? Wie haben die reagiert?«

»Erstaunlich. Wie ich heute früh in den Umkleideraum kam, hörte ich schon von weitem ihr Gejohle. Zum erstenmal merkte ich, daß ich der Bande nicht gewachsen war. Mir ging's ja so schlimm. Und nun kommt's. Kaum machte ich die Tür auf, verstummte der Krach, alle grinsten mich erwartungsvoll an. Ich merkte, da war was im Busch, aber was? In meiner Verblödung brauchte ich eine Weile, bis ich die Schuhe auf den Kleiderhaken, an der Lampe und selbst an Turngeräten hängen sah, und dann dauerte es noch eine Weile, bis ich begriff. Das sollte eine Anspielung auf unsere nächtlichen Schuhdrapierungen bei der Obermayer sein, die sie alle nicht verknusen können. In der folgenden Turnstunde hatte ich mit sanften Lämmern zu tun. Sie waren rührend – ich möchte sagen, sie waren wie eine Mutter zu meinem Kater. – Tja, und das ärgert mich irgendwie.«

»Versteh ich nicht«, sagte Karlchen, während sie über die nach Frostaufbrüchen leidlich reparierte Straße fuhren.

»Da versucht man, mit Psychologie, Pädagogik und Tricks die Kinder zu gewinnen, und erreicht so wenig. Dann besäuft man sich einmal nach Jahren, sekkiert die Bisgurn Obermayer – und schon ist man Liebling. Finden Sie das gut?«

»Freuen Sie sich, daß Sie sie endlich im Griff haben«, sagte Karlchen.

»Ja, schon – aber so!?«

»Ist doch egal, wie.« Sie bog von der Straße auf einen ungepflasterten Weg ab. »Gleich sind wir da.«

Nicht ohne Spannung sah Peter seiner neuen Untermiete entgegen.

»Da ist er. Der Schmalzlerhof. Schön, nicht?« Karlchen prä-
sentierte ihm das Anwesen geradezu mit Eigentümerstolz.

Bei Sonnenschein an einem Frühlingstag aus der nötigen
Entfernung wirkte es auch ganz idyllisch. Auf der Bank vorm
Haus saß der inzwischen bekleidete Herr Müller-Mallersdorf.

Karlchen stieß einen Schrei aus. »Mei – ist er schön!«

»Auch ein Bekannter von Ihnen?«

»Ab heute mein ständiger Begleiter. Heißt Müller-Mallersdorf. Er lag so im Schuppen herum.«

Benedikt kam durch die niedere, windschiefe Türöffnung
auf Peter zu. »Herzlich willkommen. Zu Girlanden hat's nicht
mehr gereicht. – Ich zeig dir jetzt deine Kammer. Ist alles
ganz primitiv hier.«

»Mann«, Peter sah sich um, »das ist ein Hurentraum im
Vergleich zur Obermayerschen Untermiete.«

Nach dem Mittagessen hob Benedikt Herrn Müller-Mallersdorf auf den Beifahrersitz und schnallte ihn an. Karlchen
stand daneben, sah zu und verabschiedete sich dreimal von
jedem, bis sie endlich selber einstieg und vom Hof fuhr und
wieder zurück.

Denn sie hatte vergessen zu fragen: »Wie heißt er eigentlich mit Vornamen?«

Benedikt überlegte. »Vorname? Hat er nicht. Er hieß immer nur Herr Mallersdorf.«

»Na gut, dann bleibe ich eben beim Sie.«

Diesmal fuhr sie wirklich ab und in einem durch nach Wasserburg.

4

Es duftete nach Steckerlfisch und Maroni, nach Zuckerwatte und Türkischem Honig. Über 300 Stände, Buden und Tische drängten sich rund um die Mariahilfkirche im Münchner Stadtteil Au, in einer Ecke auch ein paar Karussells und Schießbuden, ein Autoscooter und sogar ein Hundetheater. Neun Tage lang ein Ort traditioneller Lustbarkeiten, ein Tandelmarkt für Nutzloses und Brauchbares: die Auer Dult, Münchens seit über 500 Jahren beliebtester Trödel- und Jahrmarkt.

Da gab es Bauernkästen, Kupfertöpfe, Pickelhauben, Zinnsoldaten, geschnitzte Modeln und Richard Wagner in Biskuit, durchgesessene Sofas, antiken Schmuck, Barockschränke, Orden und gebrauchte Schießscheiben – viel Ramsch, Krusch, Glump wie Glasaugen und halbe Regenschirme, Schnallengürtel ohne Schnallen, Gebißteile und natürlich lauthals angepriesene Patente – vom garantiert tränensicheren Zwiebelschneider bis zur Hausmacher-Dauerwelle. Zwischen dem eigentlichen Tandelmarkt und dem Vergnügungsviertel mit Kettenkarussell und Kasperletheater befand sich der Geschirrmarkt, die Haferldult.

Gegenüber einem Schragenstand voller Gartenzwerge und Porzellanuhus saß Karlchen auf einem Biedermeierstühlchen, umgeben von viel Westerwaldkeramik, und wartete, daß etwas passierte.

Einmal blieb ein Mann stehen, hob verschiedene Tonkrüge betrachtend in die Höhe. Wollte wissen, woher.

»Aus Montabaur, aus unserer Töpferei. Alles handbemalt«, versicherte sie.

»Kostenpunkt?«

»Der Krug? Darf ich mal sehen?« Sie entschlüsselte den Preis auf der Unterseite. »Zweiundzwanzig.«

»Das geht ja noch.«

»Nicht wahr? Soll ich ihn einpacken?«

»Nein, danke. Ich schau bloß so herum.« Und damit ging er weiter.

Am Stand gegenüber gab die Händlerin ihrem Zamperl eine Wurst. Karlchen gönnte sie ihm nicht, verhungert wie sie war. Schließlich hörte sie Onkel Ernst und Mariannes Stimmen sich langsam näher zanken.

»Na endlich«, rief sie ihnen entgegen, »habt ihr mir was zu essen mitgebracht?«

Marianne unterbrach kurz ihren Streit mit Onkel Ernst und wies auf eine Tischuhr aus den zwanziger Jahren, die er unterm Arm trug. »Nein, aber dafür dieses Monstrum.«

»Das wäre dann wohl seine siebenunddreißigste«, überlegte Karlchen.

»Wenn er sie wenigstens nachts abstellen würde! Alle halbe Stunde schlagen sie und klingeln und machen Kuckuck, und dann kann ich nicht mehr einschlafen«, klagte Marianne.

»Hör mal, mit Westminsterschlag«, führte Onkel Ernst seine Neuerwerbung vor.

»Schön«, fand Karlchen.

»Ja, lob ihn auch noch!« fuhr Marianne sie an. »Lobe ihn nur! Aber wundert euch nicht, wenn ich eines Tages meine Koffer packe und gehe.«

»Das wäre dann auch das siebenunddreißigste Mal.«

»Und wenn ich diesmal wirklich gehe, was dann?«

»Schreit doch nicht so. Ist ja furchtbar.« Karlchen nahm

ihre Tasche und hängte sie über ihre Schulter. »Einzeln seid ihr so manierlich, aber gemeinsam – muß man sich richtig genieren. Ich gehe was essen. Bis nachher.«

Onkel Ernst setzte sich auf das Biedermeierstühlchen und untersuchte die neue Uhr auf seinen Knien.

»He! Wart mal!« rief Marianne Karlchen hinterher. »Hast du inzwischen was verkauft?«

»Ja. Das zweite Stühlchen. Für zweihundertfünfzig. Es gefiel einer Frau so gut.«

»Töpfe sollst du verkaufen!« rief Onkel Ernst aufgebracht. »Keine Stühle! Th – verkauft sie das zweite Stühlchen! Und worauf soll Marianne jetzt sitzen?«

Marianne lächelte. Auf die Idee, selbst aufzustehen und ihr den nunmehr einzigen Stuhl anzubieten, kam er natürlich nicht.

Wenig später schlenderte Karlchen an den Trödelständen entlang, abwechselnd von einer riesigen Bockwurst und von einer Lachssemmel abbeißend.

Vor einem Stand blieb sie stehen. Zwischen Stahlhelmen, Schellackplatten und vergilbten Seidenpumps hatte sie ein altes, blaßgrün gepolstertes Puppensofa mit güldenen Fransen entdeckt. Die Lehnen liefen in kleinen Löwenköpfen aus Messing aus. Wenn man den Sitz anhob, wurde unter den Fransen ein rotsamtenes Kästchen sichtbar.

So was Schönes hatte Karlchen schon lange nicht mehr gesehen.

»Das möchte ich kaufen«, sagte sie zu der Händlerin, die sie vom Sehen kannte. »Aber es darf nicht zu teuer sein.«

Die Küche des Schmalzlerhofes war der zentrale Raum des Hauses, auf einem großen, verzogenen Bauerntisch vor der Sitzbank wurden alle Arbeiten verrichtet – vom Essen bis zum Heftekorrigieren. Dabei war seine Platte zur Hälfte mit Teedose, Zucker, Marmelade, Brotbüchse, Schmalztopf, Radio, Gewürzen, Toaster und Schreibzeug vollgestellt – alles, was sie ständig brauchten, wurde niemals abgeräumt. Eine praktische Junggesellenorganisation, die Nachdenken beim Aufdecken und Abräumen und mehrmaliges Aufstehen während der Mahlzeit überflüssig machte.

Die elektrischen Geräte auf dem Tisch, zu denen auch eine Rührliesel gehörte, endeten an einem Zwischenstecker, dessen Schnur durch einen Teil der Küche halbhoch bis zur Steckdose hing. Um nicht alles ab- und runterzureißen, mußte diese Schnur vorsichtig überstiegen werden. Benedikt und Peter taten das schon ganz automatisch. Auf dem noch freien Teil des Tisches hatten die Pfanne mit den Spiegeleiern, zwei Teller und zwei Tassenköpfe Platz – sie benutzten ein Minimum an Geschirr, um den Abwasch klein zu halten.

Peter joggte vor dem Frühstück, Benedikt nahm an dem sportlichen Gehechel nur selten teil, er kochte inzwischen den Tee. An diesem Morgen hatte Peter von seinem Lauf zahlreiche Laubblätter mitgebracht. Bevor er unter die Dusche eilte, warf er seine Ausbeute auf den Küchentisch, sehr zum Ärger von Benedikt.

»Muß das sein?«

»Ja. Die brauche ich für den Unterricht. Muß sie noch einkleben.«

»Ich warte auf den Augenblick, wo ihr Kröten durchnehmt. Die schmeißt du mir dann auch auf die Butter.«

Das Frühstück verlief wie immer für Peter hastig und arbeitsreich – für Benedikt vorwurfsvoll.

»Du hast noch nicht deinen Tee getrunken. Wozu koche ich überhaupt Tee? Dein Spiegelei wird kalt.«

»Jadoch.«

»Was ist das für'n Blatt, das du da grade einklebst?«

»Vom Löwenzahn.«

»Löwenzahn«, erinnerte sich Benedikt an seine noch nicht allzuferne Jugend. »Solange er blühte, nannten wir ihn Butterblume, wenn er nicht mehr blühte, hieß er Pusteblume. – Und wozu brauchst du das Blatt?«

»Wegen der Form«, brummte Peter, dem Benedikts Gefrage auf den Wecker ging.

»Was hat es denn für eine Form?«

»Eine schrotsägeförmig-fiederteilige.«

»Dacht ich's mir doch. Schrotsägeförmig-fiederteilig ... sag bloß, das hast du auswendig im Kopf!«

»Nein. Ich muß mich auf jede Stunde neu vorbereiten.«

»Und die Kinder sollen das behalten?«

»Wer sagt denn, daß sie überhaupt zuhören.«

Benedikt hatte Begriffsschwierigkeiten. »Wozu dann der ganze Umstand?«

»Er gehört zum Pensum.«

»Das ist allerdings ein Grund.«

Und dann kamen sie zum ökonomischen Teil der gereizten Frühstücksunterhaltung. 1. Wer braucht wann den Wagen? 2. Was müssen wir alles besorgen? Benedikt hatte schon eine längere Liste. Darauf stand auch Buttermilch.

»Wozu Buttermilch? Wer trinkt denn so was?«

»Karlchen – falls sie mal wieder vorbeikommt.«

»Und wenn sie nicht kommt?«

»Buttermilch kann warten. Die ist ja sowieso sauer.«

Ein Schmalzbrot zwischen den Zähnen, die Mappe unterm Arm, rannte Peter in langen Sprüngen vom Hof.

Benedikt blieb am Frühstückstisch sitzen und studierte, gemächlich kauend, sein Tagesprogramm. Er wollte nach Cham fahren. Da hatte eine Schreinerwitwe eine Hobelbank samt Einspannvorrichtungen billig abzugeben. Außerdem brauchte er eine neue Bohrwinde, dann mußte er die morschen Dachbalken ausmessen, neue bestellen und das Sonderangebot an Flickerlteppichen im Kaufhaus Hirn begutachten. Vielleicht eignete es sich für die Kammern.

Peter hechtete indessen den von Wagenrädern und Regengüssen zerfurchten Weg zur Landstraße hinunter. Da standen schon ein paar Kinder an der Kreuzung, eine Bäuerin brachte ihre beiden Buben per Traktor gerade in dem Augenblick, als der Schulbus um die Kurve bog und hielt. Die Tür zischte auf.

»Guten Morgen, Herr Lehrer!«

Im hinteren Wagenteil wurden Schulaufgaben abgeschrieben – sie sahen dementsprechend verschuckelt aus. Zwei Buben modellierten sich gegenseitig die Schädel mit ihren Mappen. Und wie immer preßte die sechzehnjährige Rosi ihre frühreifen Ausbuchtungen gegen Peter, wenn er sich an ihr im Gang vorbeiwand. Mitten unter den Kindern hockte eine winzige, bucklige, schwarzgekleidete, uralte Dame. Als sie Peter sah, gab sie dem neben ihr sitzenden, ein Gedicht auswendig lernenden Knaben einen energischen Schubs, der ihn samt Buch und Mappe zwischen den Bänken landen ließ.

»Laß den Herrn Lehrer sitzen. Schlimm genug, daß d' nicht von selbst drauf kommen bist«, pfiff sie hinter ihm her, und dann voll Güte zu Peter aufblickend: »Kommen Sie, junger Mann. Setzen Sie sich zu mir. Wir kennen uns noch nicht,

57

aber ich habe schon von Ihnen gehört. Ich bin Frida Kirchlechner – Volksschullehrerin, seit 1969 im Ruhestand.«

Peter gab ihr die Hand. Ein ausgedienter Kaugummi traf ihn am Kopf.

»Ich war Lehrerin in Hinteroberndorf, bevor die Zwergschulen aufgelöst wurden«, klärte ihn Frida Kirchlechner auf, nachdem er neben ihr Platz genommen hatte. »Der Hiebl Sepp«, sie meinte den Busfahrer, »war auch ein Schüler von mir. Drum nimmt er mich mit, wenn ich in die Stadt will ...«, nach einer Weile: »... und zurück.«

Peter zeigte sich interessiert. »Muß komisch sein, wenn die Kinder, die man einmal unterrichtet hat, plötzlich Erwachsene sind.«

Er erhielt keine Antwort, denn die Alte schaute interessiert aus dem Fenster und schien ihn längst vergessen zu haben. Deshalb zog er ein Lehrbuch aus der Tasche und schlug es auf.

Das schien das Signal für sie, die Konversation wieder aufzunehmen. »Mit der Erziehung hatte ich nie Schwierigkeiten. Weil ich hab mich durchgesetzt.« Sie vollführte mit der Hand eine hiebfeste Geste. »Nix mit diesen neumodischen Methoden. Die Kinder dürfen nichts zum Sagen haben. Die müssen spurn. Sonst –!!«

»Na ja, damals«, sagte Peter. »Heute –«

»Aber ich habe auch gelobt«, unterbrach sie ihn. »Ja, das hab ich. Wer seine Gedichte ohne Fehler hersagen konnte, der hat ein Gutkärtl kriegt. Wer sich brav benommen hat, hat auch eines bekommen. Unaufgefordert aufstehen oder austreten während des Unterrichts – nix da! Wer trotzdem ausgetreten ist, mußte ein Gutkärtl abgeben. Für zehn Gutkärtl im Monat gab's ein Heiligenbildl.«

Peter staunte. »So einfach war das. Sagen Sie ...«

Er brach ab, denn die Alte hatte ihm schon wieder den Rücken zugewandt und schaute aus dem Fenster. Also schlug er sein Buch auf und hatte noch nicht drei Zeilen gelesen, als ihre energische Altfrauenstimme ihn von der Seite anfuhr: »Sie!! Das mit den Gutkärtln sollten Sie wieder einführen. Ein Heiligenbildl zu erringen ist der größte Anreiz für Kinder zum Bravsein und Lernen.«

»Meinen Sie?« Peter hatte da gewisse Zweifel.

Am selben Morgen begann der Abbau der Stände und Buden rund um die Mariahilfkirche in der Münchner Au. Die Dult war vorüber.

Auch Marianne, Karlchen und Onkel Ernst packten ihre Westerwald-Keramik wieder ein und schleppten die Kisten und Kartons zum Kombi, das heißt, Onkel Ernst war vor allem damit beschäftigt, Marianne und Karlchen zu dirigieren, wo und wie sie jede Kiste im Auto zu verstauen hatten. Herr Müller-Mallersdorf saß derweil am Straßenrand.

»Na bitte«, sagte Onkel Ernst zu Marianne, als das Arrangement zu seiner Zufriedenheit ausgefallen war. »Der Nichtverkauf war halb so schlimm, wie du vorausgesagt hast. Immer mußt du schwarzsehen. Stimmt's, Charlotte?«

»Sagen wir, der Verkauf war zwar nicht doll, aber wenn Marianne nicht so schwarz gesehen hätte, wäre es noch trauriger«, meinte Karlchen. Sie wollte möglichst rasch abreisen.

»Wohin fährst du denn diesmal?« fragte Marianne.

»Nach Nürnberg und Umgebung. Zirka drei, vier Tage, dann habe ich die wichtigsten Geschäfte abgeklappert.« Sie stürzte zum Straßenrand, um Herrn Müller-Mallersdorf vor dem erhobenen Bein eines Hundes zu retten, und schnallte ihn neben sich auf den Beifahrersitz, umarmte Marianne und Onkel Ernst, wünschte ihnen eine gute Heimfahrt, trug Grüße für Lauterbach auf.

Ihre Erleichterung und Freude fortzukommen, und das möglichst schnell, erregte Mariannes Mißtrauen. »Fährst du wirklich nach Nürnberg?«

Karlchen seufzte. »Wie oft soll ich dir das noch sagen?«

»Ich habe sie mindestens zehnmal gefragt, ob sie nach Nürnberg fährt«, sagte Marianne zu Ernst, als sie dem Kombi nachwinkten.

»Du wiederholst dich ja gerne«, bestätigte er.

»Ich habe sie aber nicht gefragt, ob sie über den Bayerischen Wald nach Nürnberg fährt.«

»Wie kommst'n darauf?« wunderte er sich. »Das ist doch'n Umweg.«

Marianne lächelte fein. »Eben.«

Nach mehr als zwei Wochen wurde es höchste Zeit, auf dem Schmalzlerhof nach dem Rechten zu sehen. Anrufen konnte Karlchen die beiden ja nicht, weil sie kein Telefon hatten, sie selbst hatten sich auch nicht bei ihr gerührt.

Vielleicht haben sie mich schon vergessen, überlegte sie, als sie auf den Hof fuhr. Vielleicht freuen sie sich gar nicht, daß ich komme. Vielleicht haben sie inzwischen Freundinnen ...

Mit einem Blick stellte sie fest, daß sie in den vergangenen vierzehn Tagen außer der Schuppentür noch nichts repariert hatten, wenigstens äußerlich nicht. Aus dem Hause dröhnte ein Song von Stevie Wonder.

Karlchen schaute durchs Fenster und sah Benedikt zeitunglesend auf der Eckbank ruhen. Unausgepackte Einkaufstüten und Kartons türmten sich auf dem alten Herd.

Er blickte auf, als sich das Fenster verdunkelte.

»Karlchen ist wieder da! Ich hab's geahnt. Ich hab Buttermilch gekauft.«

Er sprang auf und half ihr durchs Fenster herein.

»Wie war die Auer Dult?«

»Es ging. Die Leute gucken mehr als früher und kaufen weniger.«

»Wie geht's Herrn Müller-Mallersdorf?«

»Er hat einen Pullover bekommen – für kühle Tage. Und was macht ihr so?«

»Immer dasselbe. Dieses Wochenende wollen wir endlich das Dach reparieren.«

»Vertragt ihr euch gut?«

»Nun – ich möchte sagen – wir sind uns das kleinere Übel. Es ist besser, mit Peter als allein hier zu leben, und ich bin ihm lieber als eine Vermieterin.«

»Schade«, bedauerte Karlchen, einen Strohhalm in den Deckel ihrer Buttermilch piekend. »Ich hatte gehofft, ihr würdet Freunde. Aber das kann ja noch werden.«

Und dann fiel ihr das Puppensofa ein.

Sie holte es aus dem Auto. »Schaun Sie mal. Ich dachte mir – wo Sie so wenig Polstermöbel haben – sozusagen überhaupt keine«, sie legte es ihm in den Arm, »und vielleicht wächst es sogar noch.« Benedikt küßte Karlchen und sah sich anschließend suchend um. »Wo stellen wir's hin? Am besten so, daß man es gleich sieht. Auf dem Schrank ist es zu hoch.«

»Aufs Fensterbrett.«

»Da regnet's rein. Uns fehlt direkt was, wo man ein Sofa draufstellen kann.«

Durch das niedrige Fenster schoß eine Hand mit einem Brief, begleitet von dem Singsang: »Die Pooost!«

Karlchen nahm ihn entgegen.

61

Nicht, daß sie neugierig wäre, aber der Absender interessierte sie schon.

»A. Mallersdorf. Da heißt einer genau wie mein ständiger Begleiter«, wunderte sie sich.

Benedikt nahm ihr wortlos den Brief aus der Hand, öffnete ihn sofort und las ihn im Stehen. Karlchen trank in kleinen Schlucken Buttermilch und sah ihm dabei zu.

»Was Schlimmes?«

»Nein – nicht schlimm. Nur überraschend.« Er steckte den Brief in die Hosentasche und zündete sich eine Zigarette an. »Er ist von Anna. Anna Mallersdorf.«

Karlchen kapierte. »Das ist die, die Ihnen den Pupperich geschenkt hat. Darum heißt er Mallersdorf! – Haben Sie ein Bild von ihr?«

»Was? Von wem? Von Anna? Kann sein – irgendwo.«

Er überlegte. Dann ging er zu dem Plattenhaufen neben der Stereoanlage, suchte kurz und kam mit einer leeren Hülle wieder. Auf dem Cover war als Fotomontage ein hinreißend apartes, brünettes, langbeiniges Geschöpf in jeder Lebensstellung und Lage aufgeklebt, aus- und angezogen, dazwischen handgeschriebene Liebeserklärungen und Lippenstiftabdrücke in Himbeerrot von einem halbgeöffneten, sinnlichen Mund. Das Ganze war auch noch parfümiert.

»Was die Plattenhülle alles kann«, staunte Karlchen und legte sie zu den andern zurück, »sogar duften. Anna sieht fabelhaft aus. Fabelhaft dünn«, fügte sie neidisch hinzu. »Hat's eigentlich lange gedauert?«

»Mit Anna? Fast drei Jahre.«

»War sie der Grund, weshalb Sie von Berlin weg sind?«

»Auch einer. Es war eben alles auf einmal aus. Der Job, der Erfolg und das mit Anna. Die ganze lustige Zukunft plötzlich im Eimer.«

Eine Weile war Karlchen tief in Gedanken. Dann sah sie auf Benedikts Zigarette. »Kann ich mal ziehen?«

»Sie können auch eine ganze haben.«

»Nein, danke. Ein Zug reicht.«

Nach einem tiefen Inhalieren gab sie sie ihm zurück.

»Was schreibt Anna?«

»Lauter sentimentales Zeug.« Er hatte keine Lust, darüber zu sprechen.

»Schreibt sie«, fragte Karlchen sanft, aber beharrlich weiter, »daß Sie wieder nach Berlin kommen sollen?«

»Ja. Woher wissen Sie?«

»Ich hab's mir beinah gedacht. – Wer hat damals Schluß gemacht, Sie oder Anna?«

»Sie hat sich in einen andern verliebt.«

»Und jetzt ist das aus und die Reue groß«, ahnte Karlchen. »Werden Sie nach Berlin zurückziehen?«

»Irgendwann bestimmt, aber nicht bevor ich den Hof hergerichtet und verkauft habe.«

»Wenn Sie in dem Tempo weiterrenovieren, sind Sie noch Jahre hier.«

»Bis zum Herbst bin ich fertig«, versicherte Benedikt. »Sie glauben doch nicht, daß ich mich hier einschneien lasse.«

»Mag keiner mehr Salat?« fragte Karlchen nach dem Mittagessen. »Dann eß ich ihn auf.« Und angelte sich die Schüssel vom Tisch.

»Karlchen ißt immer alles auf«, murmelte Peter schläfrig, während Benedikt seine Nachtischzigarette anzündete.

»Salat macht ja nicht dick«, tröstete sie sich selber.

Sie saßen in der Sonne vorm Haus, streckten alle Zwölfe von sich und schwiegen satt und zufrieden.

Karlchen verschob den Gedanken an die Fahrt nach Nürnberg noch für eine Weile. Sie mochte nicht weg. »So schön bei Ihnen.«

Benedikt stieß Peter an. »Warum sagt Karlchen eigentlich ›Sie‹ zu uns?«

»Versteh ich auch nicht. Vielleicht sind wir alte Herren für sie.«

»Ja, warum sag ich eigentlich Sie?« wunderte sich Karlchen selber. »Ihr seid ja nicht Herr Müller-Mallersdorf.« Und hielt erst Benedikt und dann Peter die Wange hin zum Küssen, und danach hingen sie wieder leblos in der Sonne.

»Was euch hier fehlt, sind Hühner.«

»Warum? Wir kriegen doch jede Woche zwanzig frische Eier vom Bichler.«

»Ich mein ja nicht wegen der Eier, sondern wegen der Ansprache. Es ist arg still hier auf die Dauer«, meinte Karlchen.

Benedikt verteilte den Rest Bier auf sein und Peters Glas und fragte ihn dabei: »Vermißt du gackern?«

Peter dachte nach. »Langsam bin ich soweit. Soll sie meinetwegen gackern, wenn sie nur ein bißchen proper ausschaut.«

»Jetzt denkt er schon bei Hühnern an Girls«, lachte Karlchen. Aber ein bißchen ärgerte sie sich schon, denn schließlich war sie ja auch ein Mädchen.

Das fiel ihnen nur nicht auf. Karlchen war ja Kumpel.

Bei aller schönen Kumpelei – ab und zu könnten sie ihr ruhig mal etwas Nettes über ihr Äußeres sagen. Die einzigen Komplimente, die sie ihr machten, galten ihrem guten Appetit und ihrer Hilfsbereitschaft.

»Post gekommen?« gähnte Peter.

»Nicht für dich.«

»Anna Mallersdorf hat geschrieben«, erzählte Karlchen. »Benedikt soll wieder nach Berlin.«

»Mach keine Witze!« erschrak Peter. Auf einmal wurde ihm klar, wie gern er inzwischen auf dem Schmalzlerhof hauste. »Ich dachte, das wär aus, Anna hätte dich abgejubelt wegen 'nem andern.«

»Aber nun möchte sie wieder«, sagte Karlchen.

»Und du, Benny?«

»Keine Bange, du mußt dir noch keine neue Wirtin suchen.«

»Na, denn Prost.« Peter trank sein Bier aus. »Um noch mal auf Anna zu kommen – und das sage ich jetzt nicht bloß, weil ich Angst habe, daß du hier abhaust – ich meine – was wollte ich denn noch sagen – jetzt habe ich den Faden verloren –«

Benedikt half ihm auf die Sprünge: »Du wolltest wahrscheinlich sagen, daß ich ein ausgemachter Trottel wäre, wenn ich wieder springen würde, wenn sie pfeift.«

»Genau ...«

»Ist man wirklich ein ausgemachter Trottel, wenn man dem Menschen, den man sehr lieb hat, verzeiht, daß er einen großen Fehler gemacht hat? Wenn er zu einem zurückkommen möchte ...«, überlegte Karlchen. »Wie viele Frauen haben ihren Männern verziehen ...«

»Na ja –«

Weiter kam Peter nicht, weil ihm Benedikt aggressiv ins »Na ja« fiel: »Komm mir jetzt bloß nicht mit Opas Standpunkt: Männer dürfen, Frauen nicht ... Anna ist genauso unabhängig und selbständig wie ich. Eines Tages ist ihr eben ein Mann begegnet, der ihr besser gefallen hat als ich – wohl auch mehr imponiert. Sie hat kein Geheimnis draus gemacht. Da bin ich dann gegangen. Aber es war schon verdammt hart ...«

Peter lehnte sich zufrieden gegen die Hauswand. »Also ich hab noch nie wegen einem Mädchen schlecht geschlafen. Wenn es schön war, war's eben schön. Wenn es zu Ende war, auch okay. Bloß nichts durch Gefühle verkomplizieren.«

»Du hast'n Gemüt wie'n Fleischerhund«, stellte Benedikt fest. »Und so was erzieht Kinder.«

»Vielleicht ist mir noch nicht die Richtige begegnet – ich meine, die auch noch nach Monaten die Richtige ist«, entschuldigte sich Peter.

Jeder für sich versanken sie in Gedanken über ihr bisheriges Liebesleben, bis Karlchen, besorgt, daß man sie vergessen haben könnte, »Ich hab auch einen Freund« mitteilte.

Im Nu wandten sich beide ihr zu. »Karlchen hat außer uns einen Freund. Erzähl mal!«

»Zwei Jahre sind wir schon zusammen, aber es ist nichts auf die Dauer. Dazu haben wir zu verschiedene Ansichten. Ich hab ihm vor zwei Wochen geschrieben, daß es aus ist. Er ist zur Zeit bei der Bundeswehr.« Sie blinzelte ihre beiden Kumpel gegen die Sonne an. »Im Grunde sind wir alle drei allein. Ich meine, keiner von uns hat jemanden – einerseits ist das traurig, vor allem jetzt, wo's so richtig schön Frühling wird – andererseits ist es auch phantastisch, frei zu sein und sich vorzustellen – vielleicht begegnest du schon morgen der großen Liebe ...«

»Karlchen hat was Schönes mitgebracht«, beendete Benedikt das Thema.

»Was denn?«

»Also – es hat vier Buchstaben, fängt mit S an, ist grün gepolstert und innen hohl. Was ist das?«

»Ein Kochbuch«, sagte Peter sofort.

»Schmarrn, wie kommst'n darauf?«

»Weil Karlchen das letzte Mal, als sie hier war, gesagt hat, sie brächte ein Kochbuch mit.«

Benedikt holte das Sofa und stellte es auf den Tisch.

»MannohMann.« Peters Blicke setzten sich verzückt auf seine ausgeblichenen Samtpolster. »So was Schönes.«

»Und so praktisch. Schau mal.« Sie klappte die obere Sofa-hälfte zurück. Das rotsamten ausgeschlagene Kästchen dar-unter wurde sichtbar. »Die Händlerin auf der Dult, von der ich es habe, hat gesagt, da kann man was Kostbares drin ver-stecken.«

Peter und Benedikt sahen sich überlegend an.

»Haben wir was Kostbares?«

»Nö.«

»Doch!«

»Was?«

»Karlchen«, sagte Benedikt. »Tun wir eben Karlchen rein.«

»Ja«, sagte Peter, »tun wir Karlchen hinein.«

Sie war darüber sehr bewegt und verschob ihre Abreise nach Nürnberg auf den nächsten Morgen.

Zu dritt machten sie einen langen, hügeligen Spaziergang voll grüner Düfte und weitem Blick in die dunstige Ferne.

Karlchen dachte: Warum muß ich nach Nürnberg, Töpfe verscherbeln? Warum kann ich nicht hierbleiben? Ich bringe das Haus in Ordnung, kauf Kariertes für Gardinen und Kis-sen, pflücke einen großen Wiesenstrauß für den Küchentisch, stell meine Töpfe in die Borde ... ich will Gemüse anpflanzen und Beerensträucher und kochen lernen und Hühner anschaf-fen und Rührei von eigenen Eiern und eigenem Schnittlauch machen und in der dritten Kammer schlafen und mein Ge-spartes abheben und dafür einen Warmwasserboiler kaufen und Lotto spielen ... vielleicht gewinne ich so viel, daß wir uns den Einbau einer Toilette im Haus leisten können ... achja, und dann bräuchten wir noch eine Katze und einen Hund ...

Träumen machte Spaß.

5

Es gab nicht sehr viele Touristen, die sich nach Nebel verirrten. Zwar war in den letzten Jahren die Zahl der Sommerurlauber, die zwischen Nationalpark und Passau, Cham und Regensburg ruhige und billige Ferien verleben wollten, ständig gewachsen, aber Nebel, nicht allzu weit von der böhmischen Grenze entfernt, lag bereits abseits der Ferienstraßen. Auch kunst- und kulturhistorisch hatte der Ort keine großen Attraktionen zu bieten, die einen Umweg gelohnt hätten.

Um so mehr fiel darum Annas roter Alfa Romeo mit Berliner Kennzeichen auf, der kurz vor zwölf auf den Marktplatz einbog, ihn langsam umrundete und gegenüber vom Kaufhaus Hirn anhielt. Viele Gardinen bewegten sich.

Auch Frau Zwicknagel, die gerade keine Kunden zu bedienen hatte, beobachtete über die Würste in der Auslage hinweg die schmale, langbeinige junge Frau in schwarzer Schlabberbluse und hautengen Lederjeans, die aus dem Auto gestiegen war und sich umsah. Wenige Augenblicke später betrat Anna Mallersdorf die Metzgerei.

»Grüß Gott, was hätten S' denn gern?«

Anna wollte weder Schweineschnitzel noch Rinderfilets, sondern nur eine Auskunft. »Wie komme ich zum Schmalzlerhof?«

»Wen wollen S' denn da besuchen? Den Herrn Lehrer oder den Berliner?« erkundigte sich Frau Zwicknagel.

Anna lächelte amüsiert. »Einen von beiden.«

Das war keine befriedigende Antwort. Trotzdem erhielt sie eine ausführliche Wegbeschreibung und ein Paket mit Weißwürsten, das sie mit hinausnehmen sollte.

Auf der Landstraße kam ihr Benedikts Wagen entgegen. Sie konnten nicht rechtzeitig bremsen, fuhren aneinander vorbei, setzten zurück, bis sie auf gleicher Höhe waren.

»Anna! Was willst du hier?«

»Hallo, Benny.« Ihre Munterkeit wirkte forciert.

»Was für eine reizende Begrüßung.« Und als er nicht antwortete: »Ich bin bloß gekommen, um euch eure Weißwürste zu bringen. – Willst du mich nicht auffordern, einen Tee bei dir zu trinken?«

»Also gut«, sagte er mißgestimmt, »ich fahr voraus«, und wendete seinen Wagen. Sie parkten nebeneinander im Kastanienschatten und stiegen aus.

»Das ist also dein Landsitz.«

Benedikt überhörte die Ironie. »Das Haus kriegt jetzt einen Anstrich, wir haben erst mal die Reparaturen ausgeführt.«

»Heißt das, du willst hier länger bleiben? Die Haare wachsen lassen und biologisches Gemüse anbauen? Ausgerechnet du?«

»Spar dir deine großstädtische Überheblichkeit.« Benedikt war ärgerlich. »Wozu bist du überhaupt hergekommen? Um alles mies zu machen? Du hättest dir den Umweg schenken können!«

»Knurr nicht, Kreuzer, erzähl mir lieber von dem Lehrer, mit dem du zusammenwohnst.«

»Woher weißt du?«

»Von der Schlachtersfrau. Ist er nett?«

»Ganz nett. Ich hab ihm geholfen, bei seiner Wirtin herauszufliegen, seitdem wohnt er hier.«

Anna ging allein durch die Räume, schaute sich schweigend alles an und wühlte schließlich aus einem Stapel ihre Platte hervor. Legte sie auf. »Ich habe dir zweimal geschrieben. Warum hast du nicht geantwortet?«

»Ich komme hier zu nichts«, wich er aus. »Sag bloß, du hast einen neuen Job.«

»Ja – Wände weißeln, Holz hacken, heizen, neue Balken einziehen, odeln ...«

Während seiner Aufzählung betrachtete ihn Anna fast zärtlich. »Ach, Benny. Früher hast du nicht mal den Mülleimer runtergetragen.«

»Na und?«

»Ich meine nur.«

Er sah sie an. »Warum bist du hergekommen, Anna? Was soll's?«

»Ich bin auf der Durchreise. In Venedig treffe ich die Wagners. Du kennst sie ja. Sie haben ein Boot gechartert und wollen ein bißchen an der Küste langschippern.« Anna trat nah an ihn heran. »Komm mit, Benny. Was hält dich hier? Es wird dich auch kaum was kosten. Bestimmt nicht.«

Er wich ihren Fingern aus, die sich mit seinem Haar befassen wollten, und erinnerte sich: »Die Hühner! Ich hab die Hühner noch im Auto.«

Anna folgte ihm verärgert auf den Hof.

Diese Hühner waren wieder so ein Einfall von Karlchen. Bei ihrem letzten Besuch hatte sie einen Schlenker über den Bichlerhof gemacht und vier Junghennen ausgesucht und gleich angezahlt.

Peter wollte keine Hühner, Benedikt erst recht keine Landwirtschaft mit Pflichten, dieser Hof sollte für beide ein Provisorium bleiben. Nun belastete ihn Karlchen mit Hühnern. Hühner machten Arbeit. Sagten sie Karlchen, sie wollten keine Hühner, war Karlchen traurig, vielleicht sogar verletzt, weil sie es doch so gut gemeint hatte. Also hatte Benedikt die Hühner abgeholt.

Er hob den Karton mit Löchern vom Rücksitz und öffnete ihn, vier Leghorns flogen ihm gackernd um die Ohren und rannten hysterisch in mehrere Himmelsrichtungen.

»He, da geht's lang«, rief Benedikt hinter ihnen her. »Da drüben ist der Stall!« Und zu Anna, die ihn ungläubig anstaunte: »Ich muß ihnen ja schließlich ihre Kammern zeigen.«

»Du spinnst.«

»Ja, ich weiß«, gab er zu, »und im Grunde stinkt mir das Ganze hier. Einmal wieder warmes Wasser aus der Leitung und'n Spühlklosett und mal U-Bahn fahren ...«

»Du bist doch nie mit der U-Bahn«, erinnerte ihn Anna.

»Aber jetzt möchte ich, verdammt noch mal.« Und ohne Übergang: »Wie geht es Mischa?«

»Nichts mehr. Es ist aus.«

Er wußte nicht, ob er sich darüber freuen sollte. »Ich denke, er war deine große Liebe!?«

»Komm, Benny –«

»Es war doch so, oder?«

»Also ja. Ich habe mich eben geirrt.« Sie sah ihn sehr an. »Irrst du dich nie?«

»Nicht oft, aber wenn, dann gründlich.«

»Du kommst also nicht mit aufs Schiff?«

»Bestimmt nicht, Anna«, versicherte er.

»Schade, aber ich versteh, daß du Zeit brauchst.« Er holte die Futterschüssel, die er bereits für das lästige Federvieh bereitgestellt hatte. »Ich such jetzt die Hühner.« Und ließ sie einfach stehen.

»Putputput«, rief Anna verärgert hinter ihm her und sah im gleichen Augenblick einen drahtigen jungen Mann um die Ecke biegen, der sie genauso verdutzt anschaute wie sie ihn.

Allerdings ging Peters Überraschung schnell in Verklärung über, ihre nicht. »Ich glaube, ich spinne. Sind Sie wirklich echt oder bloß eine Wunschvorstellung?«

»Ich bin Anna Mallersdorf«, sie streckte ihm lachend die Hand hin, »und Sie sind wahrscheinlich der Lehrer.«

»Peter Melchior. – Bleiben Sie länger?« hoffte er.

»Ich will heute noch bis Innsbruck. Ich wollte Benny nach Venedig mitnehmen – auf'n Schiff. Aber der Junge ist trotzig. Er will nicht. Wie finden Sie das?«

»Ausgesprochen dämlich. Schade, daß Sie mich nicht fragen, ich könnte mir einen Kahn mit Ihnen gut vorstellen.«

»Kommt beide mit«, schlug Anna vor.

»Geht nicht. Kann ja schlecht mitten in der Schulzeit Urlaub nehmen. – Wo ist Benny?«

»Er sucht die Hühner. Es scheint, daß sie vor lauter Heimweh dahin zurückgerannt sind, wo sie herstammen.«

Peter, dessen Blick verzückt an Annas langen, lederbehäuteten Beinen klebte, fragte abwesend:

»Was für Hühner?«

»Na die, die Karlchen für uns angezahlt hat«, antwortete Benedikt, der mit seiner Futterschüssel einmal vergebens das Haus umrundet hatte.

»Sie sind abgehauen. Wir müssen sie suchen.«

»Wer ist Karlchen?« wollte Anna wissen.

»Ein Kumpel von uns«, sagte Peter.

»Was besonders Liebes«, sagte Benedikt, das Liebe sächlich artikulierend.

Ein Glück, daß Karlchen nicht in der Nähe war und zuhörte.

72

Peter versuchte, Anna zum Bleiben zu überreden, öffnete dafür alle Schleusen seines Charmes, flutete über, jedoch vergebens.

Ja, wenn Benedikt sie aufgefordert hätte! Als sonnenverbrannter, biologisch gedüngter Aussteiger, als »Naturbürscherl«, wie sie ihn für sich bezeichnete, hatte er einen ganz neuen Reiz für sie. Mal was anderes. Seinetwegen hätte sie sogar aufs Mittelmeer verzichtet und das Plumpsklo in Kauf genommen – wenigstens für ein paar Tage. Aber Benny sagte nichts, er schien beinah ungeduldig auf ihre Abfahrt zu warten.

»Versprechen Sie, daß Sie auf der Rückfahrt noch mal vorbeikommen«, bat Peter beim Abschied, »dann hab ich wenigstens was, worauf ich mich freuen kann.«

»Mal sehen, vielleicht.« Anna gab ihm die Hand.

»War nett, Sie kennenzulernen. Passen Sie ein bißchen auf den da auf. Ich darf's ja nicht mehr.« Sie küßte Benedikt. »Tschau, Benny. Mach's gut.«

Als sie in ihren Wagen stieg, fiel ihr noch etwas ein.

»Weißt du, wen ich hier vermißt habe?«

»Nee. Wen denn?«

»Herrn Mallersdorf.«

Peter schaute Benedikt an. Der machte kein intelligentes Gesicht.

»Ach der –«, sagte Benedikt und rieb sich die Nase, die ihn plötzlich juckte, »der – ist auf Vertretertour, ja.«

»Auf was?«

»Vertretertour«, nickte Peter ernsthaft. »Zur Zeit in München.«

»Ihr Spinner!« lachte Anna und gab Gas.

Den Rest des Nachmittags verbrachten die Bewohner des Schmalzlerhofes mißgestimmt.

Benedikt saß auf der Bank neben dem Plattenspieler und schälte Kartoffeln voller Haß aufs Kartoffelschälen. Peter hatte sich lustlos über die Vorbereitungen für den morgigen Unterricht gemacht.

Aus der Stereoanlage softeten die schönen Schnulzen von Annas Platte – »Feelings« und so was.

Der plötzliche Einbruch geballter großstädtischer Weiblichkeit ließ vor allem Peter seine sexuelle Notlage in Nebel doppelt empfinden.

Annas plötzliches Auftauchen und Verschwinden kam ihm nachträglich wie eine Geisterstunde zur Mittagszeit vor.

Seine Gedanken folgten ihr in Sehnsucht.

»Die fährt jetzt ans Meer«, sagte er zum Kartoffelschäler. »OhMannohMann! Die hat's gut. Warum bist du nicht mitgefahren?«

»Nee.«

»Ich denke, das ist aus mit dem anderen.«

»Ja.«

»Und nun hast du deinen Stolz.«

»Nee.«

»Was denn?«

Benedikt schmiß die zuletzt geschälte Kartoffel in den Topf. »Erstens hab ich kein Geld für Schiffsreisen. Zweitens laß ich mich nicht einladen, und drittens –«

»Ja, sag mal. Was ist drittens?«

»Sie stört mich.« Benedikt schnitt eine Kartoffel in zornige kleine Stücke. »Kaum war sie da, ist meine gute Laune futsch.«

»Meine auch«, bestätigte Peter seufzend.

»Siehste. – Wir hatten es so gemütlich, bevor sie kam. So

74

einen friedlichen, kleinkarierten Alltag. Jetzt stinkt's mir hier. Sie hat das Talent, einem alles zu vermiesen.«

Annas Platte war zu Ende. Benedikt wollte eine neue auflegen, aber Peter meinte: »Spiel sie ruhig noch mal.«

Beide ließen sich gefühlvoll mittreiben.

Benedikts Kartoffelmesser schnitt Kerben in die Tischplatte. »Voriges Jahr in Griechenland sind wir die Inseln mit 'nem Seelenverkäufer abgeschaukelt. Haben aus dem Rucksack gelebt. Da fiel der ganze Lack und alles Blabla von Anna ab. Übrig blieb ein herrliches Mädchen. Da war sie einfach – na ja … Aber kaum waren wir wieder in Berlin –« Er brach ab und horchte auf ein näherkommendes Motorengeräusch.

»Wenn's für mich ist, ich bin nicht da«, sagte Peter und verzog sich in Richtung Kammer. »Ich habe heute keinen Bock mehr auf Einheimische.«

»Ich auch nicht.« Benedikt schob den Riegel vor die Haustür.

Kaum hatten sie beschlossen, nicht zu öffnen, hörten sie von draußen Karlchens Jubelschrei:

»Die Hühner sind da!«

»Wollte sie nicht erst morgen kommen?« erinnerte sich Peter.

Gleich darauf erschien ihr Kopf im Fenster.

»Haben wir auch einen Hahn?«

»Gockel sind nicht mehr ›in‹«, klärte Benedikt sie auf.

»Wieso, wegen der Emanzipation?«

»Da bin ich überfragt.«

»Noch heute besorge ich einen und laß ihn gleich auf halb sieben stellen, damit er Peter rechtzeitig weckt«, beschloß sie.

»Karlchen macht noch 'ne Landwirtschaft aus uns, ob wir wollen oder nicht«, sagte Peter, sein Schulzeug zusammenräumend.

»Was ist los? Warum freut ihr euch nicht über mich? Ist euch die Petersilie verhagelt? Und ich dachte, ich wäre euch 'ne schöne Überraschung, weil ich einen Tag früher komme.« Sie stieg durchs Fenster herein.

Benedikt umarmte sie. »Unsere Überraschung!« Auch Peter versah ihre Wange mit einem Kuß.

»Aber warum seid ihr so elegisch?«

Benedikt sah Peter fragend an. »Bist du elegisch?«

Der schüttelte den Kopf. »Das kommt Karlchen nur so vor.«

»Na schön, dann hab ich mich geirrt. Auf alle Fälle sitzt ihr da wie mein Onkel Ernst damals, als er hörte, daß Marilyn Monroe tot ist.«

»Das war ja auch'n Schock«, erinnerte sich Peter.

»Ich war damals zwölf.«

»Ich hab euch was mitgebracht!«

Aber nicht einmal diese Ankündigung vermochte sie aufzuheitern, im Gegenteil. Karlchens Mitbringsel bedeuteten meistens zusätzliche Arbeit. – Gardinen aufhängen, Radieschen sähen, Hühner füttern und so fort.

»Ich habe von einem Kunden zwei Liter Frankenwein geschenkt gekriegt und gleich an euch dabei gedacht.«

»Karlchen –«

»Karlchen!!«

»Jaja, jetzt sagt ihr ›Karlchen‹.«

Der Wein war noch im Kombi. Benedikt erbot sich sofort, ihn zu holen.

»Du bleibst hier. Für dich habe ich was Wichtigeres. – Peter kann gehen. Der Autoschlüssel steckt. – Und bitte, bring Herrn Müller-Mallersdorf mit rein.«

Aus ihrer Handtasche kramte sie den zusammengefalteten Anlaß für ihr verfrühtes Erscheinen hervor: einen aus der Zeitung gerissenen Artikel. Sie strich ihn glatt. »Habe ich zufällig in einer Raststätte gelesen. Dachte mir, das mußt du sofort Benedikt zeigen. Jetzt hör zu.« Sie las vor:

»Neue Volksschule für Nebel.

Die Kreisstadt Nebel soll eine neue Schule erhalten, nachdem der bisher mehrmals erweiterte Altbau hinter dem Markt endgültig zu klein geworden ist – – undsoweiter –

Der Neubau soll Grundschule und Hauptschule beherbergen, unter anderem eine Turnhalle, die als Mehrzweckhalle auch der Stadt für öffentliche Veranstaltungen zur Verfügung steht. Wie Bürgermeister Rammersberger gestern der Presse gegenüber erklärte, hat das Landratsamt einen Architektenwettbewerb ausgeschrieben. Die von der Jury preisgekrönten Entwürfe werden anschließend öffentlich im Rathaus ausgege- ge-‹ Es ging noch weiter. Aber ich hab's so schief rausgerissen. Auf alle Fälle ist das deine Chance, Benedikt. Du mußt teilnehmen! Peter hilft dir. Der weiß, was für eine Schule alles wichtig ist.«

Peter kam gerade mit den Weinflaschen und Herrn Müller-Mallersdorf unterm Arm herein, lehnte ihn gegen die Wand und machte sich auf die Suche nach einem Korkenzieher.

»Gleich morgen mußt du dir die Unterlagen besorgen«, drängte Karlchen.

Danach zog sie Herrn Müller-Mallersdorf das Hemd aus und stopfte es in den Wäschepuff, bestehend aus einer ehemaligen Waschmitteltonne. »Das hat er jetzt drei Wochen an, es stinkt schon. Ich hab ihm vorhin im Kaufhaus Hirn ein T-Shirt gekauft – Sonderangebot. Fünf Mark.« Sie schob es ihm über den Kopf. Quer über seine lachsfarbene Brust liefen nun Kamele unter Palmen. Benedikt schüttelte es beim bloßen Hinschauen, Peter war modisch nicht so empfindsam veranlagt.

Karlchen holte Gläser und entdeckte dabei in der Abwaschschüssel eine Teetasse mit Lippenstift. »Hattet ihr Besuch?«

»Anna war hier.«

»Hier? Und ich hab sie verpaßt, so ein Mist. Die hätte mich echt interessiert. – Hat Peter sie auch gesehen?«

»Was heißt gesehen – er hat sie umbalzt«, grinste Benedikt.

»Wie ist sie denn, Peter, erzähl doch mal!« Karlchen war nun sehr neugierig.

»Ich begreife nicht, wie so ein aufregendes Schmaltier sich mit solchem Lahmarsch wie Ben abgeben konnte.«

»Du kannst mich nicht kränken, duu nicht«, sagte Benedikt nur wenig gereizt.

»Und sie will ihn wiederhaben, stell dir vor. Aber er mimt noch den Charakterstarken. Also mich brauchte sie nicht zweimal zu bitten.«

Plötzlich begriff Karlchen, warum sich die beiden nicht gebührend über ihr frühzeitiges Erscheinen gefreut hatten. Zumindest Peter trauerte Anna noch nach.

Und nun ärgerte sie sich über sich selbst. »Ich bin ja so ein Depp, ein blöder! Sause hierher, um Benny den Zeitungsausschnitt zu bringen und den geschenkten Wein, und das bei dem Scheißverkehr auf den Landstraßen, beinah wär ich verunglückt.«

»Bloß nicht, Karlchen! Fahr ja vorsichtig!«

»Wir freuen uns immer irre, wenn du kommst. Stimmt's, Peter?«

»Irre«, bestätigte der.

»Aber von Anna träumt ihr.«

»Gar nicht wahr. Peter hat heut nacht von dir geträumt. Er hat es mir selbst erzählt.«

»Jawohl. Ich hab geträumt, ich müßte die Kammertür ausheben und über zwei Stühle legen, weil du ein Bügelbrett gebraucht hast. Du wolltest unsere Hemden bügeln.«

»Soll das ein Wink mit dem Zaunpfahl sein?«

Benedikt hob schwörend die Hand. »Bestimmt nicht.«

»Von Anna würdest du nicht so hausbacken träumen.«

Peter füllte das einzige Weinglas, das sie besaßen, für Karlchen und außerdem zwei ehemalige Senfgläser für sich und Ben.

»Prost auf unser Karlchen.« Sie tranken.

»Mann, ist der piwarm. Den müssen wir erst mal kaltstellen.«

Seit einer Woche waren sie Besitzer eines stark im Preis herabgesetzten Eisschrankes. Ehe sie Karlchen diese phantastische Neuanschaffung vorführten, zog Peter sie neben sich auf die Bank.

»Ich will dir mal was sagen. Sei froh, daß du nur in unseren hausbackenen und nicht in unsern Sündenträumen vorkommst. Du willst doch sicher nicht, daß Ben und ich uns deinetwegen schießen, oder?«

»Um Gottes willen!« erschrak sie bei der Vorstellung.

»Es soll alles so zwischen uns bleiben, wie es ist. Wir drei –«

»Aber weil wir drei nun mal keine Heiligen sind, werden wir eines Tages vier sein oder fünf, und dann darf keiner eifersüchtig auf den andern sein.«

»– oder sechs«, vervollkommnete Karlchen.

»Wieso sechs?«

»Ja, glaubt ihr etwa, ich bleibe solo?«

»Natürlich, Karlchen, das hatten wir ganz vergessen. – Und jetzt zeigen wir dir unsern Eisschrank.«

6

Auf dem Schmalzlerhof zog wieder der friedliche, kleinka-
rierte Alltag ein. Karlchen saß vor dem Herd, dessen Platte
sie als Ablage benutzte, sortierte ihre Aufträge und rechnete
die Tagesumsätze gegen die Unkosten auf.

Peter saß neben Herrn Müller-Mallersdorf am großen
Tisch, der zur Hälfte mit den gewohnten Frühstücksutensi-
lien bedeckt war, zur anderen mit seinen Büchern und Pa-
pieren.

Benedikt hatte sich aus zwei Böcken und einem Reißbrett
einen Zeichentisch gebastelt, an dem er den Lageplan für die
neue Schule studierte und erste Entwurfsskizzen herstellte.
Über den Lageplan hatte er Pauspapier gepinnt. Jedesmal,
wenn er die Reißschiene nach oben schob, wackelte der Tisch,
durch das Wackeln rutschte sein Stift ab, er mußte ein neues
Papier aufspannen.

»Herrgottsakra.« Er suchte neben dem Herd nach einem
Hölzchen zum Unterschieben.

»Benny flucht schon bayrisch«, stellte Peter fest.

»Wieviel Einwohner hat eigentlich Berchtesgaden?« fragte
Karlchen.

»Warum? Ich denke, du rechnest deine Umsätze aus.«

»Ja. Pro Ort. Und dann vergleiche ich sie mit der Bevölke-
rungszahl. Das ist ganz interessant. In Rosenheim zum Beispiel habe ich sehr gut verkauft im Verhältnis zur Einwohner-
zahl.«

»Und wozu ist die Rechnung gut?«

»So weiß ich genau, wieviel Einwohner auf einen Milchtopf kommen.«

»Karlchen macht Milchtopfmädchenrechnungen«, grinste Benedikt und schob ein zurechtgeschnittenes Hölzchen unter seinen Zeichentisch. Er setzte sich. Der Tisch wackelte noch immer. Benedikt resignierte.

»Das nennt sich nun Architekt«, sagte Peter, der ihm zugeschaut hatte, »mach uns lieber einen Tee.«

»Milchtopfmädchenrechnung«, ärgerte sich Karlchen. »Ihr nehmt mich und meinen Job nie ernst. Wißt ihr eigentlich, was ich täglich für Ärger habe? Allein mit manchen Einkäufern. Die gucken doch nicht auf meine Muster, bloß auf meine Beine. Und Verträge wollen sie abends mit mir machen – ›bei einem Gläschen Wein‹. Zu Hause wartet ihre Trude mit den Kinderchen. Das hab ich gern –! Aber ich laß mich nicht befummeln wegen einem Auftrag. Ich nicht!!«

Unwillkürlich schauten beide Männer auf Karlchens Beine.

Stimmt. Karlchen hatte ja auch Beine. Und was für welche!

»Ihr denkt, ich hab's leicht und bin immer so fröhlich, wie ich tu«, fuhr sie fort. »Stimmt gar nicht. Ich bin sehr allein. Herr Müller-Mallersdorf ist tagelang meine einzige Ansprache. Nicht gerade ergiebig, so ein Depp. Aber interessiert euch das überhaupt? Wahrscheinlich denkt ihr gar nicht über mich nach. Wenn ich da bin, ist es gut, wenn ich wieder fort bin, ist das auch kein Malheur. Wahrscheinlich sollte ich mal eine Weile nicht mehr kommen ...«

»Karlchen, was bezweckst du eigentlich mit deinen Vorwürfen?« erkundigte sich Benedikt.

»Daß ich nicht dazu komme, mich zu konzentrieren«, stöhnte Peter. »Und dabei habe ich morgen Elternabend.«

81

»Morgen schon?« Darüber vergaß sie ihr Selbstmitleid. »Ist es dein erster? Worüber willst du reden?«

»Wenn ich das wüßte!«

Peter stieß mit dem Bleistift auf den fingerschnippenden Benedikt. »Bitte, Kreuzer.«

»Ich war mal auf einem Elternabend mit meiner Schwester.«

»Du hast eine Schwester?« interessierte sich Karlchen. »Hast du ja noch gar nicht erzählt!«

»Ist auch nicht so wichtig.«

»Und die hat Kinder? Wie viele denn?«

»Ein Mädchen und – noch ein Mädchen.«

»Also zwei Töchter«, stellte Peter ungeduldig fest.

»Wo? In Berlin?«

»In Kladow draußen.«

Karlchen hingerissen: »In Kladow! Da habe ich einen Onkel mit einer Bootswerft und meine erste Liebe kennengelernt. Kennst du zufällig einen Hotte Kowalski, Benny?«

Peter hatte stumm und zunehmend nervös zugehört. Jetzt reichte es ihm. »Und was war nun auf dem Elternabend?«

Karlchen, tief in Gedanken an Hotte Kowalski: »Was für'n Elternabend?«

»Stinklangweilig war's«, sagte Benedikt. »Nicht mal rauchen hat man dürfen.«

»Und worüber hat der Lehrer gesprochen?«

»Weiß ich nicht mehr.«

»Vielleicht sollte ich über Lernzielbestimmung reden oder fachlich artikulierten Sachunterricht«, überlegte Peter.

Karlchen verstand Bahnhof, aber Ben stimmte ihm grinsend zu: »Auja, davon erzähl mal. Das interessiert die Nebeler Eltern bestimmt.«

Am nächsten Nachmittag fuhr Benedikt zu dem Wiesengrund, auf dem die neue Schule erstehen sollte. Mit dem Plan in der Hand schritt er das Grundstück ab, stolperte auch mal über rostigen Müll und machte sich Notizen.

Vom Ort her tuckerte Gumpizek auf seinem Mofa heran, bremste rasant, stieg ab und kam auf ihn zu.

»Grüß Gott, Herr Architekt.«

»Ach, Herr Gumpizek. Guten Tag.« Benedikt nahm seine Abschreitung wieder auf. Gumpi folgte ihm ehrfurchtsvoll.

»Werden S' mitmachen bei Wettbewerb?«

»Ja.«

»Und haben S' alles schon vor geistige Auge?«

»Beinahe.«

Er kam näher. »Auch Wohnung von Hauswart?«

»Wie hätten Sie die denn gern?«

»Nicht so modern. Mehr eher gemitlich – kleine Kammer, große Kiche.«

»Ich werde es mir notieren.«

Vom Ort her wehte der Wind ein paar Fetzen getragener Blasmusik herüber. Benedikt sah Gumpi fragend an.

»Was ist denn da los? Schützenfest?«

»No – wissen S' nicht, Herr Architekt? Is heute Beerdigung von Bruder von Bauunternehmersgattin Finkenzeller, was zweite Sohn is von Nebelbrauerei. Noch nicht amal finfzig Jahr. Ein Unfall mit neue Motorrad von seine Sohn. Beide sind hin.«

»Der Sohn auch?«

»No. Aber die scheene Maschin. Und jetzt tragen sie ihn zu Grabe mit vier Rösser von Brauerei und drei Kapellen: die was is von unserem Schitzenverein und die von Kramberg und von Niederndorf. Da haben S' versäumt, Herr Architekt.«

»Ich glaube auch«, Benedikt gab ihm die Hand.

»Tschüs, Herr Gumpizek.«

»Auf Wiedersehen, Herr Architekt. Und nicht vergessen – große Kiche, kleine Kammer.«

Gumpi stieg auf sein Mofa und tuckerte davon. Auch Benedikt faltete seinen Lageplan zusammen und fuhr in den Ort.

Auf dem Marktplatz hatte sich halb Nebel im Sonntagsgewand und Schützenkleidung versammelt, etliche Musikanten schüttelten die Spucke aus ihren Blasinstrumenten.

In tiefem Schwarz sah man Bauunternehmer Finkenzeller mit Gattin und Töchtern das Wirtshaus betreten. Ihnen folgten die ganze Brauereisippe, sämtliche Honoratioren des Ortes nebst Frauen sowie Arbeiter und Angestellte. Der Leichenschmaus konnte beginnen.

Benedikt fuhr im Schritt vorbei und gab erst Gas, nachdem er den Marktplatz hinter sich hatte.

Als er zehn Minuten später in den Schmalzlerhof einbog, sah er Karlchen und Peter im guten Anzug vor der Haustür stehen. Sie nähte einen Knopf an seinen Ärmel.

Benedikt stieg aus und begutachtete Peters Outfit.

»Soll ich dir vielleicht 'nen Schlips borgen?«

Peter faßte sich an den Hals. »Wieso? Gefällt dir meiner nicht?«

»Ich hol mal einen.« Er kam gleich darauf mit einem dunkelblauen Strickbinder zurück.

»Ja, der ist schöner als deiner«, beschied Karlchen, »den nimm.«

»Dafür war meiner mal sehr preiswert.«

Das glaubten sie Peter aufs Wort.

Er wollte die Schlipse wechseln, vergaß, daß Karlchen noch

84

an seinem Ärmel hing mit einem Faden, den sie erst durch-
beißen mußte.

»So. Nun.« Sie trat zurück.

Benedikt zog sich ebenfalls ein frisches Hemd an.

»Hast du auch noch was vor?« fragte Peter.

»Ja. Mit Karlchen.«

Er sah sich nach ihr um. »Bleibt Karlchen über Nacht hier?«
Sie hatte ihr Nähzeug zusammengepackt.

»Glaubst du, ich reise ab, ohne zu wissen, wie deine schwere Stunde ausgegangen ist?«

»Wie spät haben wir es denn?«

»Sieben nach sieben.«

»Sieben nach sieben will ich vor deiner Haustür stehn«, sang
sie und brach verlegen ab, als sie ihre verdutzten Blicke spürte. »Onkel Ernst singt immer: Zehn vor zehn will ich vor deiner Haustür stehn –«

»Ja und?« begriff Peter nicht.

»Ja und, ja und! – Bei sieben nach sieben reimt es sich
eben nicht.«

»Dreh dich mal – laß dich anschauen – nun dreh dich schon!«
Widerstrebend folgte Peter dieser Aufforderung.

»Wie findest du ihn?« überlegte Karlchen, zu Benedikt ge-
wandt.

»Ich würde sagen, ein adretter, junger Mensch. Nicht gerade das, was die Mädels vom Stuhl reißt, aber auf Schülerel-
tern mag er vertrauenerweckend wirken. Seine Stimme hat
das Sonore, die Augen blicken treu, die Krawatte ist unauf-
dringlich vornehm ...«

»Arsch«, knurrte Peter giftig.

»Aber sein Leumund«, fiel Karlchen ein. »Erst bei der Ober-
mayerwitwe Schkandal gemacht und lebt auch noch in einem Dreierverhältnis.«

85

Benedikt sah auf seine Uhr. »Fahren wir endlich? Es wird Zeit.«

»Wieso ihr auch?« Peter war plötzlich mißtrauisch.

»Wir dachten, daß du vielleicht nach deiner Elternshow noch'n Bierchen mit uns trinken möchtest.«

»Ja, gut.« Er holte die Manuskriptseiten mit seiner Ansprache vom Küchentisch und schloß die Haustür ab.

»Angst?« erkundigte sich Karlchen mitfühlend.

»Nö, wieso?«

»Also, ich ja. Deinetwegen.«

»Wo ist Benedikt? Ich muß los.« Motorengeräusch wurde laut. »Hörst du? Er spannt gerade an.«

Kurz vor der Schule überholten sie mehrere Eltern, die meisten schwarz gekleidet oder in Tracht.

»Du kriegst ein volles Haus«, prophezeite Benedikt, und Karlchen: »Alle haben sich fein gemacht. Sie nehmen dich ernst.« Benedikt hielt an, und Peter stieg aus.

»Alsdann – mit Gott für König und Vaterland.«

»Wir warten auf dich«, versicherten ihm beide.

»Wo?« Peter war mißtrauisch.

»Vielleicht im Kino«, sagte Benedikt.

»Oder im Gasthaus«, sagte Karlchen und spuckte ihn feucht an: »Ptoi – ptoi – ptoi! Benny, du auch.«

Aber der kam nicht mehr dazu. Peter war mit einem Satz entflohen und wischte sich die Schulter: »Mein guter Anzug!«

Sie sahen bewegt zu, wie er auf das Schulhaus zuging, ganz gemessen, Eltern überholend, nach links und rechts grüßend.

»Jovial wie ein Landesvater«, stellte Benedikt anerkennend fest. »Das kannst du nicht lernen, das ist in einem drin oder nicht.«

86

Einzeln, zu zweit und in kleinen Gruppen kleckerten die Eltern ins Schulhaus. Mütter, in ihre Kostüme wie in ein Korsett gespannt, hatten ihre Gatten fest am Arm und bugsierten sie vor sich her, um Diskretion besorgt.

Hinter der Eingangstür lauerte Gumpi auf Peter. Er machte ein Zeichen, daß er ihn sprechen wollte. Peter ging auf ihn zu.

»Na, Gumpi, was gibt's denn?«

»Haben S' gmerkt, was Ihna blieht, Herr Lehrer?«

»Nein. Was denn?«

Gumpi zeigte auf die hereinkommenden Eltern.

»No, was glauben S', woher sie kommen?«

Peter wußte es nicht. Dafür sah er, wo die ankommenden Väter hingingen: Sie steuerten allesamt auf »Knaben« zu.

»Vollgefressen sind sie, nichtern warn sie«, klärte Gumpi ihn auf. »Und mir bleibt Vergnigen, heute noch amal alles wischen. – Mechten mir sagen, Herr Lehrer, warum muß Pomfünäber sein, wann wir haben Elternabend?«

»Pomfünäber?«

»No, das ist Begräbnis, was teirer is.«

Frau Anders, die Verkäuferin vom Kaufhaus Hirn, kam auf Peter zu und verdrängte Gumpi.

»Ach, Herr Melchior, wie geht's denn so mit meinem Andi?«

»Ganz gut«, versicherte Peter, während er mit ihr den Gang hinunter auf sein Klassenzimmer zuging. »Wenn er nur aktiver am Unterricht teilnehmen würde …«

»Legen Sie ihm das man ja nicht als Faulheit aus«, plusterte sie vorbeugend ihr Gluckengefieder. »Er traut sich einfach nicht, den Mund aufzumachen, weil er der Kleinste in der Klasse ist. Außerdem sind wir Zugereiste, und dann fehlt ihm der Vater. Als geschiedenes Kind …«

»Frau Anders! Tut mir leid, wenn ich Sie unterbreche, aber Ihr Andi ist das frechste und gerissenste Luder, das ich in der

Klasse habe. Der bringt dem Rest noch bei, worauf der selber nie gekommen wäre«, lachte Peter.

»Ach –« Frau Anders konnte Andimaus nicht mehr verteidigen, weil Frau Zwicknagel und Frau Hiebler darauf warteten, von Peter begrüßt zu werden.

Er hatte bereits Fetzen ihres Gesprächs beim Anstehen mitgekriegt: »Also, Erni, des sag i dir. Man soll Toten nichts Schlechts nachreden. Außerdem kann der Verschiedene nichts dafür, wenn der Rindsbraten nicht gereicht hat. Das ist alles sie, die Finkenzeller! Fürstliches Leichenbegängnis, aber für die Trauerleut nicht genug Rindsbraten. Und ihre schlechte Nachrede für den Toten, weil hat er sich mit dem Motorradl derrennt, was er nicht nötig gehabt hat.«

»Sein armer Bub ist jetzt eine Vollwaise«, seufzte Frau Hiebler.

»Erni, der Bub, ist dreißg Jahr alt! Da wird es bei so einem verhätschelten Bamschabi Zeit, daß er eine Waise wird, weil wird er sonst niemals nicht erwachsen.«

Soweit Frau Zwicknagel und ihre Freundin Hiebler beim Warten aufs Lehrerbegrüßen.

Inzwischen schlichen Karlchen und Benedikt um das Schulhaus herum, lauschten zu jedem Parterrefenster herauf, hatten endlich gekippte Scheiben erreicht und das Rhabarberrhabarber von vielen Stimmen.

»Hier ist es.« Karlchen hopste in die Höhe, um hineinzuschauen.

Bedauerte: »Es ist zu hoch. Ich komme nicht ran.«

Benedikt entfernte sich und rollte eine Mülltonne unters Fenster.

Karlchen erklomm sie, am Fensterbrett Halt suchend, und

zischte einen Lagebericht zu Benedikt abwärts, der die Tonne vorm Umkippen bewahrte.

Irgend jemand machte von innen das Fenster zu. Nun war sie in ihrem Report ausschließlich aufs Optische angewiesen.

»Jetzt kommt Peter – er gibt jedem die Hand – wie die Mütter ihn mustern – von unten bis oben – ein Glück, daß er deinen Schlips umhat.«

Sie starrte fasziniert ins Klassenzimmer.

»Was ist jetzt los? Erzähl mal!«

»Das kann man nicht beschreiben, das muß man sehen –«

»Dann rück mal'n Stück.« Benedikt hangelte sich zu ihr hoch, die Tonne unter ihnen begann bedenklich zu schwanken.

»Du hättest eine volle nehmen sollen, die steht stabiler«, rügte Karlchen.

»Und wenn die umkippt? Sammelst du den Mist auf?«

»Immer denkst du an die Folgen. So kommst du nie zu was.«

Peter wies die ankommenden Eltern, nachdem er sie mit Handschlag begrüßt hatte, auf die Plätze ihrer Kinder. Wenn sie zu zweit gekommen waren, brauchten sie noch einen Stuhl.

Stühle wurden vom Flur her wie Wassereimer bei einem Großbrand weitergereicht und zwischen den Tischen plaziert.

Endlich saßen alle.

Peter sprach mit flüssiger Liebenswürdigkeit auf sie nieder, ohne sein Manuskript zu bemühen. Später ging er zwischen den Tischen auf und ab. Die Mütter folgten ihm mit dem Kopf, die Väter mußten abwechselnd geweckt werden.

»Manchmal glaube ich, für ihn gibt es überhaupt kein Problem, mit dem er nicht fertig wird. Er ist überzeugt, es wird schon irgendwie gehen – und dann geht es auch irgendwie.«

»Bist du neidisch?«

»Ja«, sagte Benedikt, den Arm um ihre Schulter legend.

Peter war mit seinen allgemeinen Hinweisen und der Darstellung seiner Unterrichtsmethoden fertig und kam nun auf das Thema Hausaufgaben zu sprechen:

»Hierbei müssen wir drei pädagogisch notwendige Aspekte betrachten. 1. Der Schüler muß lernen, sich zu konzentrieren. Das kann er nur allein – zu Hause. 2. Er lernt nur durch Training und Routine. 3. Auf sich gestellt, ist er gezwungen, selbständig zu arbeiten.«

Er hörte hinter sich Fingerschnipsen und unterbrach sich: »Ja, bitte?«

Das war Herr Hiebler. »Entschuldigen, kann ich mal austreten?«

Seine Frau lief rot an.

»Ja, bitte, bitte –«

Hiebler flitzte gebückt aus der Klasse.

Peter wandte sich wieder den Eltern zu.

»Wo war ich stehengeblieben? Ach ja: Konzentration – Training – selbständiges Arbeiten. Hier ist der Punkt, wo Schule und Elternhaus gemeinsame pädagogische Aufgaben haben.«

Der eingeschlafene Herr Zwicknagel schnarchte so laut, daß er Peter aus dem Konzept brachte. Frau Zwicknagel stubste ihn in seine Weichteile. Frau Hiebler machte heimlich ihren in der Taille kneifenden Rock auf.

»Sie als Eltern sollten darauf achten, daß die Kinder ihre Hausaufgaben an einem möglichst ungestörten Arbeitsplatz zu einer bestimmten Tageszeit machen.«

Bis hierher war er gekommen, als etwas an die Scheiben bumste. Alle Eltern schauten zum Fenster. Peter auch. Da er

90

stand, sah er, was den sitzenden Eltern entging: Benedikts und Karlchens eilig untertauchende Köpfe.

In die Stille hinein hörte man leise ein Scheppern von draußen, denn beim Absprung von der Tonne war Karlchen mit ihr umgekippt. Dann hörte man nichts mehr.

Die Pause nutzend, schlich sich ein Vater aus der Klasse, Herr Zwicknagel war wieder eingeschlafen, und Peter beschloß, seinen Vortrag zu beenden.

»Bitte, wenn Sie dazu noch Fragen haben oder sonst etwas wissen wollen –?«

Eine Mutter meldete sich mit erhobenem Finger.

»Also ich möcht wissen, warum die Turnbeutel unten immer so dreckat sind.«

Peter schaute betreten. Auf solche Fragen war er nicht vorbereitet. »Weil – weil«, setzte er an.

Unvermutet kam ihm Frau Zwicknagel zu Hilfe. »Das kommt, weil die Bänder zu lang sind. Soviel ich weiß, müßte es doch einen Extrahaken für Turnbeutel an den Tischen geben.«

Sämtliche Frauenköpfe verschwanden seitlich unter den Tischen.

Herr Zwicknagel, der inzwischen seinen Rausch ausgeschlafen hatte, meldete sich fingerschnipsend.

»Ja, Herr Zwicknagel, haben Sie eine Frage?« freute sich Peter über die rege Anteilnahme.

»Es handelt sich um den Trauerfall, von dem wir gerade gekommen sind und welcher noch nicht beendet ist. Man erwartet uns.« Er sah sich stimmensuchend um. Alle noch anwesenden Väter nickten heftig. Es zog sie ins Wirtshaus zurück.

Karlchen und Benedikt saßen auf der Mauer vom Schulhof und sahen zu, wie die Eltern aus dem Gebäude strömten. Zwischen ihnen ging Peter, Zwicknagels Pranke auf der Schulter.

»Jetzt führen sie ihn ab«, sagte Benedikt.

»Ins Wirtshaus«, vermutete Karlchen. »Aber nicht ohne uns. Hallo, Peter!«

Es blieb ihm nichts anderes übrig, als stehenzubleiben und seine Freunde Herrn Zwicknagel vorzustellen. Leider hatte er dabei keine Möglichkeit, ihnen zu sagen, was er von ihrem mißglückten Fensterln hielt.

»Die kommen natürlich mit«, beschloß Zwicknagel.

»Natürlich kommen wir mit ins Wirtshaus«, sagte Karlchen zu Benedikt und schloß sich dem Zug an, der den Marktplatz überquerte, um wenig später in der überfüllten Gaststube zu landen.

Resi kam den Heimkehrern – mit zwölf Bierkrügen gut ausgelastet – entgegen: »Da seids ihr ja wieder. Das war aber ein kurzer Elternabend.« Und trat vor ihnen durch die Saaltür mit der Aufschrift »Trauerfeier Finkenzeller«.

Die langen Tafeln waren nicht mehr vollständig besetzt. An einem Tischende hatten sich mehrere Männer um den Bauunternehmer Finkenzeller geschart, der gerade einen Witz zum besten gab, über den er selbst am hellsten wieherte.

Peter wandte sich an Zwicknagel: »Wem müssen wir denn hier kondolieren?«

»Die meisten Leidtragenden sind schon heim – bis auf den Finkenzeller, was der Schwager vom Verblichenen ist.« Laut rief er: »Hörst, Toni –! Der Herr Lehrer und seine Freunde möchten dir ihr Beileid sagen.«

Im Nu erstarb das Gelächter. Finkenzeller stand mit Leichenbittermiene auf und ließ sich von Peter, Karlchen und Benedikt die Hand schütteln.

»Danke. Danke. – Dank«, sagte er mit Rührung in der Stimme. »Ja, das war ein schwerer Schlag. Und so plötzlich. – Setzen S' Eahna zu uns. Die Resi bringt was zum Trinken. – Resi!« Und nach einer angemessenen Gedenkpause wandte er sich an Benedikt: »Sie sind doch der Architekt aus Berlin? – Geh, Xaver«, stieß er seinen Nachbarn an, »laß den Herrn Kreuzer neben mir sitzen.«

Der mit Xaver Angesprochene rückte mit seinem Bier etwas beiseite und machte Benedikt Platz. Karlchen war am anderen Ende des Tisches untergekommen.

Finkenzeller schob Benedikt eines von den Bieren hin, die Resi auf den Tisch gestellt hatte. »Ich habe gehört, Sie nehmen am Wettbewerb für unsere neue Schule teil. Ich bin im Stadtrat und von Anfang an mit dem Projekt vertraut. Meine Kollegen und ich waren eigentlich gegen einen Wettbewerb. Aber es ist natürlich demokratischer. Ansonsten halte ich mich da heraus. Ich bin Bauunternehmer und als solcher Mitbewerber um den Auftrag. Da muß man schließlich die Privatinteressen streng von seinen kommunalen Aufgaben trennen.«

»Ja, natürlich«, nickte Benedikt, eine Nuance zu gläubig.

»Haben Sie schon mal an einer öffentlichen Ausschreibung teilgenommen?«

»In Berlin. Wir haben in Moabit einen Kindergarten gebaut. War 'ne schöne Aufgabe.«

»Und warum sind Sie nicht in Berlin geblieben?«

»Unser Büro ist aufgelöst worden.«

»Wegen der Rezession?«

»Ja. Es gab nicht mehr genug Aufträge.«

Während Benedikt sich von Finkenzeller ausfragen ließ, hörte sich Peter Herrn Zwicknagels »einzig wahres Rezept für eine wirksame Erziehung« an.

»Sie, da gibt's kein langes Federlesen nicht, keine neumodischen Antiautoritäten, da gibt's bloß eins – eine Watschen locker aus dem Handgelenk. Das schadet keinem und unsern Buben erst recht nicht. Prost, Herr Melchior!«

Peter riß das Maul auf wie ein Karpfen und sah dann ein, daß es keinen Sinn hatte, gegen sieben Maß Bier anzudiskutieren. Er beschloß, das Streitgefecht mit Herrn Zwicknagel über Erziehungsmethoden auf einen nüchterneren Wirtshausabend zu verschieben. Und klappte seinen Mund wieder zu.

Sein Blick suchte Karlchen am Ende der langen Tafel, Karlchen zwischen Frau Zwicknagel und Frau Hiebler in ein Verhör eingeklemmt und dementsprechend unbehaglich mit feuchten Bierfilzen spielend.

»Also rein zufällig war das, wie sie die beiden haben kennengelernt. Den Herrn Lehrer in München und den Herrn Kreuzer wo?«

»Hier in der Gaststube.«

»Gehn S'!«

»Und nun sind Sie mit beiden befreundet?«

»Ja.«

»Und kommen immer auf Besuch! Auch über Nacht?«

»Ja, freilich, wenn ich's einrichten kann.«

Ihre Verhörerinnen tauschten ein vielsagendes Kopfnicken.

Karlchen sandte einen hilfesuchenden Blick zu Peter.

»Und dann haben Sie ja noch den älteren Herrn«, sagte Frau Hiebler.

Karlchen hielt lange still, aber was zuviel war, war eben zuviel.

»Sie –!! Das ist eine Gemeinheit! Ich habe keinen älteren Herrn!«

»Aber es sitzt doch immer einer neben Ihnen im Auto«, beharrte Frau Hiebler.

»Ach so – der.« An Herrn Müller-Mallersdorf hatte sie nicht gedacht. »Der ist eine Schaufensterpuppe. Aus Berlin.«

»Ja, da schau her, aus Berlin«, staunte Frau Hiebler.

»Ja«, sagte Karlchen, »ein Preuße.«

In diesem Augenblick wurde sie von Peter erlöst. Er beugte sich über ihren Stuhl. »Wollen wir fahren?«

»Auja.« Sie erhob sich erleichtert. »Sag Benny Bescheid.«

Während er zu ihm ging, verabschiedete sich Karlchen von den Damen Hiebler und Zwicknagel. Sie wollte draußen auf die beiden Männer warten, aber in der Saaltür stieß sie mit zwei reschen, großen, in flottes Schwarz gekleideten Mädchen zusammen. Solche Attraktionen hatte sie bisher noch nie in Nebel gesehen.

Karlchen dachte hoppla, einfach bloß hoppla mit einem wachsamen touch, und kehrte in den Saal zurück.

Die beiden waren die Finkenzellertöchter, von ihrer Mutter ausgeschickt, den Papa heimzuholen. Der stellte ihnen Benedikt Kreuzer vor und dieser ihnen wiederum seinen Freund Melchior.

Das Entzücken bei allen Vieren war offensichtlich.

Und Karlchen stand vergessen an der Tür, hoffend, daß einer der beiden einmal wenigstens zufällig zu ihr herüberschauen würde, damit sie ihm durch Zeichen zu verstehen geben konnte, daß sie endlich fahren wollte.

Benedikt hatte das Pech, ihre ungeduldige Pantomime aufzufangen. »Karlchen will fahren«, sagte er zu Peter, der sie mit »Gleich« vertröstete.

Die Finkenzellertöchter schauten in die Richtung, in die er

gerufen hatte, und man sah ihnen an, wie sie überlegten: Welche Rolle spielt das Mädchen mit den vielen Sommersprossen wohl im Leben dieser attraktiven männlichen Neuzugänge?

Tja, welche Rolle spielte Karlchen? Im Augenblick kam sie sich wie die kleine Schwester vor, die bloß stört.

Am liebsten hätten die beiden sie wohl allein nach Hause geschickt.

Wie fragil war doch ihre Dreierfreundschaft. Wie leicht zerstörbar. Kaum tauchten zwei dumme Gänse auf (Karlchens subjektive Meinung von den Finkenzellerinnen) – schon war einer von ihnen zuviel. Karlchen wollte nicht zuviel sein.

»Ich warte draußen«, rief sie in den Saal und klappte die Tür hinter sich zu.

Sie hockte auf dem Kühler des Sportwagens, als Benedikt und Peter nach einer Ewigkeit – so kam's ihr vor – das Wirtshaus verließen.

»Tut uns leid – aber wir konnten nicht so abrupt aufbrechen, gerade wo er uns seine Töchter vorgestellt hatte«, sagte Benedikt.

»Macht ja nichts«, sagte Karlchen mit dem leicht klebrigen Ton der Beleidigten. »Hauptsache, ihr habt euch amüsiert.«

»Du hättest ja auch noch bleiben können.«

Peter öffnete die Wagentür für sie. »Rutsch durch in die Mitte«, und stieg rechts ein. Karlchen machte sich dünn, damit Benedikt Platz am Steuer hatte. Sie fuhren in die Nacht.

»Wie die mich heute abend ausgefragt haben. Die Zwicknagel und die Hiebler ...«, lenkte sie die männlichen Gedanken auf sich selbst zurück.

»Kein Aas glaubt uns, daß wir drei bloß Freunde sind.«

»Die Finkenzellertöchter glauben es auch nicht«, meinte Benedikt.

»Und das tut euch jetzt leid.«

»Nö, wieso?«

»Findet ihr sie hübsch?«

»Na ja«, meinte Benedikt vorsichtig.

Sie sah Peter an: »Und du?«

»Halt so.«

»Welche findet ihr hübscher? Die Blonde oder die Dunkle?«

»Ist eine blond und eine dunkel, ja? Ist mir gar nicht aufgefallen. Dir, Benedikt?«

»Nee, aber Karlchen. Karlchen, ist dir noch was aufgefallen?«

»Die beiden sind scharf auf euch.«

»Wie kommst du denn darauf?«

»So was spürt man als Frau.«

Peter beugte sich zu Benedikt hinüber. »Hörst du? Karlchen spürt. – Im Grunde wär's gar nicht so übel. Wir sind jetzt lange genug platonisch rumgegurkt.«

»Vermißt ihr denn was?« fragte sie besorgt.

»Ab und zu schon«, gab Peter zu.

»Und du?«

Benedikt machte »Hm«, und Karlchen lehnte sich zurück. »Also auch.«

Benedikt fuhr langsam, nachdem ihm vor zwei Tagen beinah ein Rehbock auf den Kühler gesprungen war. Im Scheinwerferlicht sah man kleine Igel, die sich beim Nahen des Motorengeräusches einigelten in der rührenden Zuversicht: solange sie ihre Stacheln aufstellten, konnte ihnen kein Autoreifen ans Leben.

»Also wenn ich mir vorstelle, daß wir an Peters erstem El-

97

ternabend auf einer Leichenfeier landen und ihr auf selbiger zwei Mädchen aufreißt ...!« sagte Karlchen aus tiefen Gedanken heraus.

»Tja, wie das Leben so spielt. Das schreckt auch vor nichts zurück«, gab Benedikt ihr recht.

Kurz bevor sie zum Hof einbogen, stieg ein tiefer Seufzer aus Karlchens Brust.

»Nun braucht ihr mich ja nicht mehr.«

»Aber, unser Karlchen, wie kannst du denn so was sagen!«

»Wenn ihr jetzt Mädchen habt ...«

»Erstens haben wir sie noch nicht, und zweitens bleibst du immer unser bestes Stück«, versicherte Peter.

»Bestes Stück«, murrte sie.

»Unsere liebste Freundin«, verbesserte Benedikt.

7

An einem Samstag in der zweiten Pause traf Peter nur seine Kollegin Christl Schäfer im Lehrerzimmer an. Sie stand am Fenster, rauchte und heulte.

»Na, Schäferin? War die alte Fregatte auch in deiner Klasse?«

Als Fregatte bezeichnete er die voluminös und energisch dahersegelnde Schulrätin, die überraschend in einigen Klassen am Unterricht teilgenommen hatte.

Peter hob geziert die Handflächen und imitierte ihre sacharinsüße Stimme: »Machen Sie ruhig weiter so, lieber Kollege, ich will überhaupt nicht stören. Ich bin ganz Mäuschen.«

»Ja, ja, Mäuschen«, fuhr Christl herum. »Hinterher hat sie mich runtergeputzt, und das auch noch vorm Nachtmann.«

»Mit mir war sie ganz zufrieden«, sagte Peter. »Ja, du! Du hast bestimmt mit ihr geflirtet. Bei mir war's ein Alptraum. Die Hälfte der Klasse hatte ihre Hefte vergessen. Ausgerechnet die größten Schmierfinken hatten ihre mit. Geschwätzt haben sie und gekichert, und einer hat die Fregatte gefragt, woher sie so einen großen Busen hat. Das Pausenklingeln kam mir vor wie Osterläuten.«

»Arme Schäferin«, lachte Peter.

»Mir fehlt die nötige Autorität, hat sie gesagt. Wenn ich so weitermache wie bisher, werde ich mich nie durchsetzen. Ja, soll ich denn herumbrüllen und prügeln wie Schlicht und pausenlos idiotische Strafarbeiten aufgeben? Manchmal frage ich mich wirklich, ob das der richtige Beruf für mich ist.«

Es klingelte zur nächsten Stunde. Christl Schäfer drückte ihre Zigarette aus und nahm einen Stapel Hefte auf.

Peter sah ihr mitleidig nach. »Was soll ich nun sagen? Soll ich dich trösten – oder beschimpfen, weil du so wenig Selbstvertrauen hast?«

»Nicht schimpfen, sonst heule ich wieder los. Hab zur Zeit nah am Wasser gebaut.«

Nach der letzten Stunde rannte Peter zum Metzger. Er hatte einige Einkäufe zu erledigen, bevor der Schulbus abfuhr.

Im Laden war es bumvoll. Frau Zwicknagel sah ihn hinten stehen und rief: »Sie, Herr Melchior, ich hab Ihnen schon alles hergerichtet.«

Er nahm eine große, schwere Plastiktüte in Empfang. »Was macht's denn?«

»Zehn Mark«, sagte sie, ohne nachzuschauen.

Das war viel Gewicht für zehn Mark.

Er lief weiter zum Bäcker, die Tüte mit den Semmeln riß auf, er sammelte sie wieder vom Pflaster auf, fluchte laut dabei »Wozu brauchen wir zehn Semmeln?«, fünf aufzuheben hätte vollauf genügt, und stand unversehens Christl Schäfer gegenüber.

»Heb mal mein Fleisch an. Alles für zehn Mark.« Christl öffnete eins der Päckchen in der Tüte. »Da sind ja Steaks bei! Weißt du, was die kosten?«

»Eben nicht. Komm, rühr jetzt nicht in meiner Ehre rum. Ich hab der Zwicknagel x-mal gesagt, sie soll so was nicht machen, ich geb ihrem Fonsä deshalb keine besseren Noten. Aber auf dem Ohr ist sie taub.«

»Bei mir hat's die Krämersfrau versucht. Na, ich sag dir, einmal und nie wieder. Ich hab sie fertiggemacht.«

»So rabiat mag ich nicht sein.«

»Dir fehlt eben der Mut, dich unbeliebt zu machen«, rügte sie ihn.

»Kann sein, Schäferin. Dir fehlt er jedenfalls nicht.«

Sie brachte ihn zur Bushaltestelle.

»Bei deiner Veranlagung, dich anzupassen, hätte eigentlich was Bedeutenderes aus dir werden können als Volksschullehrer.«

»Das sagt meine Mutter auch immer«, lachte Peter. »Was machst du am Wochenende?«

Sie hob lustlos die Schultern. »Was soll ich machen außer lesen, Wäsche waschen, die Wände anstarren. Am vorigen Wochenende war die Kassiererin vom Kino, die mir eine Karte verkauft hat, die einzige Person, mit der ich gesprochen habe.«

»Das ist ja schauerlich«, entsetzte sich Peter.

Der Bus, der in den Marktplatz einbog, beendete ihr Gespräch. »Servus, Schäferin, alles Gute – bevor dir die Decke auf den Kopf fällt, komm zu uns raus, hörst du?«

Kurz bevor er einstieg, verlor er noch einmal drei Semmeln.

Christl blickte dem Bus nach. Immer diese vagen Einladungen, dachte sie. Kann er nicht konkret sagen: Komm nach Tisch, hau dich unter einen Baum, nachher trinken wir einen Tee zusammen. Er hatte wohl Angst, sie könnte ihm wieder ihre Sympathie gestehen, was sie einmal auf der Rückfahrt von einem Seminartag getan und anschließend sehr bereut hatte.

Christl war hier so allein, daß sie manchmal glaubte, gemütskrank zu werden.

Als Peter heimkam, saß Herr Müller-Mallersdorf auf der verwitterten Hausbank, ein Handtuch über den Schultern. Karlchen schnitt ihm die Haare.

»Du spinnst doch mit dem Kerl«, sagte er und trug seine Einkäufe in die Küche, sah sich dort forschend um. »Was fehlt denn hier – es ist irgendwie leerer.«

»Karlchens Unordnung«, sagte Benedikt.

»Wieso packt sie heute schon, sie wollte doch bis Montag bleiben?«

»Ich hab ein Telegramm gekriegt«, sagte sie tragisch. »Ich muß heim.«

»In den Westerwald? Macht keine Witze.«

»Marianne hat sich den Arm angeknackst, ich muß für sie die Glasuren machen.«

»Aber du kommst doch wieder!?«

Karlchen zuckte die Achseln. »Keine Ahnung. Wenn sie mich erst mal an der Leine haben, lassen sie mich so schnell nicht wieder laufen. Vor allem nicht bei meinen traurigen Umsätzen. Ich war viel zu oft bei euch.« Sie schaute sich seufzend um. »Ich war gerne hier. Irgendwie hänge ich an dem Laden.«

»Tu nicht so, als ob du für immer gehst«, schob Benedikt die Abschiedsstimmung beiseite. »Wetten, spätestens in zwei Wochen bist du wieder hier. Du hältst es doch gar nicht aus ohne uns.«

Karlchen erinnerte sich an ihre Muster, die sie noch im Kombi mitführte. »Ich laß sie euch hier. Geschirr könnt ihr gar nicht genug haben, wo ihr immer alles zerteppert.«

Geschirr konnten sie wirklich gebrauchen – aber gleich vier Zuckerdosen?

»Na ja, für Reißnägel und Gummibänder und so was sind die ganz praktisch.«

102

Danach verstauten sie Müller-Mallersdorf und ihren Koffer. Zu dritt gingen sie noch einmal über den Hof. Karlchens Augen und ihre Nase nahmen gründlich Abschied.

»Für mich ist es der schönste Ort von der Welt. Es war alles so leicht zu ertragen, wenn ich wußte, ich darf hierher zurück.«

»Karlchen! Wenn du so redest, kommen mir die Tränen.« Peter zog sie an seine Schulter. Sie hielt gern still.

Dann war Benedikt an der Reihe. Ihm legte sie die Arme um den Hals. »Aber vielleicht hat es so sollen sein. Ich gehe, und die Finkenzellerinnen kommen.«

»Die beiden sind Karlchens Trauma. Dabei haben wir sie nicht wiedergesehen. Wir haben nicht mal an sie gedacht, nicht wahr, Peter?«

»Nö – nie.«

»Ich muß mich noch von den Hühnern verabschieden.« Aber die Hühner waren nirgends zu finden. »Schreibt ab und zu, ja? Macht mal ein Foto vom Hof – und toi, toi, toi für deinen Schulentwurf, Benny. Ich will unbedingt wissen, was draus wird.«

Sie gingen noch ein Stück neben dem Wagen her und winkten, und es war beiden plümeranter zumute, als sie voreinander zugaben.

»Bißchen plötzlich, das Ganze«, sagte Benedikt.

»Schon sehr plötzlich. Schließlich hat man sich an sie gewöhnt.« Peter stieß einen Stein vor sich her.

»Was muß sich die dumme Kuh den Arm verknacksen. Und wenn schon, konnte sie damit nicht bis Montag warten? Was wird denn jetzt aus unserm Wochenende!?«

Als sie zum Haus zurückgingen, bogen die Hühner gakkernd um die Ecke.

»Sie läßt euch noch grüßen«, sagte Benedikt zu ihnen.

103

Es folgte ein unwirscher Nachmittag – Peter korrigierte Aufsätze, Benedikt reparierte einen Schemel. Sein Hämmern und der Qualm seiner Zigaretten gingen Peter auf die Nerven.

Er riß das Fenster auf und hielt den Kopf in die Abendluft.

Es war absolut still draußen. Nicht mal ein Hund bellte in der Ferne.

Karlchen würde nicht mehr kommen. Im Herbst ging Benedikt nach Berlin zurück. Wenn er bis dahin den Hof nicht verkauft hatte, würde Peter allein hier hausen. »Nein, ich denke ja gar nicht daran – bei dem vielen Schnee. Bin ich verrückt und schippe den halben Tag?« schimpfte es aus ihm heraus.

Benedikt sah verstört hoch und in den hellgrünen Frühling vorm Fenster. »Wieso Schnee?« begriff er nicht. »Wie kommst'n du auf Schnee?«

»Ach, laß mich in Ruh«, brummte Peter und kehrte zu den Aufsätzen zurück.

8

Sonntagmorgen nach dem Frühstück. Sonnenschein – jedenfalls schien die Sonne so lange, wie Benedikt und Peter sich auszogen, einölten und mit dem Aufstellen des einzigen, klapprigen Liegestuhls beschäftigt waren.

Danach schob sich eine schwarze Wolke zwischen bräunende Strahlen und bläßliche Winterhaut.

»Tüüüpüsch!«

»Wir müßten dringend die Wände weißeln ...«

»Ja –«

»... und das Klo auch.«

»Ja doch.«

»... aber nicht heute.«

»Nein.«

»Glaubst du, die Sonne kommt noch mal raus?«

»Da hinten sieht es hell aus.«

Längeres Schweigen, in dem Benedikt mit der Zeitung raschelte.

Peter blinzelte zu ihm hinüber. »Das ist heute schon deine fünfte.«

Benedikt haßte es, wenn er ihm seine Zigaretten vorzählte. »Wenn du schon meine Zahnpasta nimmst, dann mach sie wenigstens hinterher wieder zu«, giftete er zurück.

»Christl Schäfer ist noch schlimmer dran als wir«, sagte Peter. »Wir können uns wenigstens gegenseitig anöden. Sie hat dafür nur sich selber. – Voriges Wochenende war der einzige

105

Mensch, mit dem sie gesprochen hat, die Billettverkäuferin im Kino.«

»Hat sie keinen Freund?«

»Es gefällt ihr hier keiner – außer mir.«

Benedikt betrachtete ihn von der Seite. »Sie tut mir leid.«

»Nettes Mädchen, aber anstrengend.« Peter hatte einen Holzsplitter von der Bank abgemacht und reinigte sich damit die Nägel. »Sie hat zuviel Charakter, weißt du. Damit eckt sie überall an.«

»Hat sie überhaupt niemand in der Nähe?«

»Erst wieder in München, 'ne Mutter und noch was.«

»München«, Ben dehnte die beiden Silben sehnsüchtig, »da waren wir schon lange nicht mehr.« Sie sahen sich an und brüllten gleichzeitig: »München!«

Das war es.

Im Nu hatten sie sich angezogen und schossen mit quietschenden Pneus vom Hof.

Peter machte sofort Pläne. »Zuerst rufe ich Gisa an, wenn sie nicht da sein sollte, die Gaby. Oder Lilli. Ich kenn ja ein ganzes Rudel Torten in München. Paar davon werden schon zu Hause sein.«

»Hättest du auch einen Kuchen für mich?«

»Massenhaft.«

»Danke. Eine genügt. Will ja nicht übertreiben.«

»Weißt du was, wir nehmen die Schäfer mit. Liefern sie bei ihrer Mutter ab und laden sie abends wieder auf. Tun wir ein gutes Werk.«

Benedikt überquerte den Marktplatz und bog in eine schmale Einbahngasse ein.

»Hier muß sie irgendwo wohnen, ich weiß leider nicht die Nummer. Am besten, du steigst auf die Hupe.«

Es war eine Dreiklanghupe. Kein Fenster blieb verschlos-

106

sen. Neugier und Verärgerung starrten auf sie nieder. Und Christl Schäfer.

»He, wir fahren nach München«, rief Peter herauf. »Willst du mit?«

»Ich komme!« Es klang wie ein Jubelschrei.

»Sie kommt«, sagte Peter zu Benedikt. »Sie ist ganz begeistert.«

München. Schwabing. Halleluja.

Die Stadt war wie ausgestorben an diesem warmen Frühlingssonntag.

Sie rollten die Leopoldstraße hinunter, Christl und Peter schauten beseligt um sich wie Heimkehrer. Benedikt machten die vielen unbenutzten Parkplätze nervös. Jetzt gab es welche – jetzt brauchte er keinen.

»Wo fahren wir zuerst hin?«

»Zu mir. Ich wohne nicht weit. In der Arcisstraße«, schlug Christl vor. »Meine Mutter wird in Ohnmacht fallen, wenn ich plötzlich vor der Tür stehe.«

Peter stieg mit ihr aus und brachte sie zum Haus.

Benedikt rief »Schönen Sonntag« hinter ihr her.

»Ja, kommt ihr nicht mit rauf? Wenigstens auf einen Kaffee?« fragte sie enttäuscht.

»Ein anderes Mal gerne – heute geht's schlecht, wir sind eh spät dran.« Er schlug ihr auf die Schulter. »Tschau, Christl.«

»Wann holt ihr mich wieder ab?«

»Bestimmt nicht vor neun«, versicherte Peter. »Es kann auch später werden.«

»Je später, desto besser«, rief sie ihm nach.

Peters Po in den knappen Jeans, seine weitausholenden Schritte, das Schlenkern seiner Arme drückten Unterneh-

107

mungslust aus. Er wetzte bereits seinen Charme für die »Torten«!

»Da drüben ist eine Zelle«, machte ihn Benedikt aufmerksam. »Da kannst du gleich mal rumtelefonieren.«

Peter grub in seinen Taschen nach Kleingeld und in seinem zerfledderten Adreßbüchlein. Lilli hatte ihm zu Weihnachten ein neues aus Leder geschenkt und selbst alle Adressen aus dem alten in graphisch exakten Lettern ins neue übertragen. Es sah fabelhaft aus, wie gestochen, leider stimmten mehrere Nummern nicht mehr, vor allem solche nicht, die zu anderen »Torten« gehörten. Bei ihnen hatte sich Lilli »verschrieben«. Weshalb Peter seinen alten Adreßfetzen wieder hervorgeholt und geklebt hatte. Auf ihn war wenigstens Verlaß.

Lilli – viel zu eifersüchtig, aber sonst eine Nette. Sie hatten sich in Freundschaft getrennt, als Peter im Fasching die Gisa – Kunststudentin aus Peine – kennenlernte. Er pflegte überhaupt mit all seinen Verflossenen ein herzliches Verhältnis und griff auch gelegentlich auf sie zurück – sofern sie gerade solo waren.

Benedikt sah vom Auto aus zu, wie Peter in der Zelle seine Groschen einsteckte, wählte, horchte und nach einer Weile einhängte, Groschen herausholte, sein Büchlein wälzte, von neuem Groschen einsteckte, wählte, lange in den Hörer horchte, einhängte und so fort.

Dieser Vorgang wiederholte sich zwölfmal. Beim dreizehnten löste sich die Verkrampfung aus seinen Gliedern, er lehnte sich erleichtert zurück und parlierte eine Weile. Danach verließ er die Zelle und kam auf Benedikt zu.

»Naaa?«

»Fehlanzeige. Die meisten waren nicht zu Hause, bei zweien war ›Kein Anschluß unter dieser Nummer‹. Dann habe ich

Suse erreicht. Die war mal mit meinem Bruder verbandelt. Sie wollte gerade mit ihrer Freundin zum Surfen fahren.«

»Hast du ihr nicht gesagt, daß wir zu zweit sind und gerne mitkämen?«

»Ja, hab ich. Hat sie aber nicht interessiert. Sie wollte uns nicht mithaben.«

»Und deine Kommilitonen von der PH?« fragte Benedikt.

»Von denen ist ja nur noch einer in München, und der war nicht zu Hause.«

»Was machen wir nun?«

»Es besteht die Möglichkeit, daß wir draußen beim Fred in Leutstetten paar antreffen. Der hat aber kein Telefon.«

Also jagten sie über die Starnberger Autobahn Richtung Leutstetten ...

Bei Fred trafen sie nur einen Dobermann an, der sie durch den Zaun hindurch fressen wollte, und einen alten Mann, der ein Beet umgrub. Wegen dem Hund trauten sie sich nicht ins Grundstück, wegen seinem Gebell verstanden sie nicht, was der alte Mann sagte. Nur soviel war klar: Fred würde erst spät am Abend heimkommen.

Sie hockten sich in den Biergarten der Schloßgaststätte von Leutstetten, aßen Schweinsbraten mit Knödel und tranken jeder eine Radlermaß. Peter war auch hier auf der Suche nach einem bekannten Gesicht – es mußte schon längst kein weibliches mehr sein. Er hätte sich sogar rasend über ein männliches gefreut. Aber nichts, nichts. Und die Mädchen an der langen Holztafel, die den beiden schräg gegenübersaßen und sie mit provozierenden Sprüchen anzuheizen versuchten, erreichten damit nur, daß Benedikt und Peter vorzeitig das Lokal verließen. Sie waren so gar nicht ihr Typ.

»Wohin jetzt?«

»An den See. Münchner Yachtclub. Da ist der zweite Mann

von meiner Patentante Mitglied. Ich weiß nicht mehr, wie er heißt, aber erkennen tu ich ihn sofort – falls er da ist.«

Natürlich war er nicht da. »Das ist ja schon Sabotage, was die mit unserm Sonntag treiben«, stöhnte Peter.

In ihrer Verzweiflung fuhren sie mit dem Dampfer »Seeshaupt« bis Leoni. Hingen über der Reling und blinzelten mißmutig auf Segler, Paddler, Surfer, Ruderer, Möwen und Pärchen in Elektrobooten.

In Leoni stiegen sie aus, tranken im Stehen Eiskaffee, weil kein Platz zum Sitzen war.

»Lustig, gelle?«

»Wie kommen wir denn von hier wieder zum Auto?«

»Zu Fuß.«

»Laufen????« heulte Benedikt auf.

»Wieso – ist sehr gesund.«

»Um was Gesundes zu erleben, sind wir ausgerechnet aus dem Bayerischen Wald nach München gekommen!«

Peter schritt »munter aus«, Benedikt latschte verbittert hinter ihm her am Ufer entlang – Berg, Kempfenhausen, Percha, Starnberg. Jedesmal, wenn Peter einem hübschen Mädchen begegnete, schlug er Rad.

Benedikt sah ihm genau dabei zu. »Also das kann ich nicht.«

Es war kurz nach fünf Uhr, als sie ihr Auto gefunden hatten.

»Was jetzt? Vor neun können wir uns nicht bei der Schäferin sehen lassen.«

»Fahren wir nach München, Geschäfte angucken.«

Die Idee, nach München zurückzufahren, hatten Tausende von Sonntagsausflüglern. Eingeklemmt in einen »stehenden Verkehr«, starrten Benedikt und Peter durch die staubige Windschutzscheibe.

Sie hatten kein Mädchenspalier rechts und links ihrer Ein-

110

zugsstraße erwartet, auch keinen ihnen zu Ehren geschlachteten Ochsen. Aber daß sich so gar nichts tat …

Peter wäre schon dankbar gewesen, seinem ehemaligen Briefträger zu begegnen.

»Vielleicht treffen wir jemand in unserm alten Biergarten«, hoffte er noch.

Aber bevor sie dorthin fuhren, hielten sie am Bahnhof, um sich mit ausländischen Zeitungen – einem Hauch große weite Welt für den Schmalzlerhof – und Obst zu versorgen. Äpfelkauend lungerten sie über den Perron, umgeben von vielen Einsamen, die nicht wußten, wo sie am Sonntag sonst hingehen sollten.

Dabei entdeckte Peter einen Fotoautomaten.

»Guck mal – woll'n wir?«

»Wozu, ich hab noch Paßfotos.«

»Ich meine, wir beide zusammen auf einem Bild – für Karlchen.«

Das fand Benedikt eine gute Idee. Sie lüfteten den Vorhang und quetschten sich gemeinsam hinein. »Lies mal die Beschreibung.«

»Die ist nur für eine Person, und die muß da sitzen.«

Benedikt setzte sich, Peter hockte sich neben ihn. Wange an Wange lächelten sie ins Objektiv.

Was schließlich aus dem Automaten herauskam, unterschied sich von anderen Paßbildern nur dadurch, daß statt einem gleich zwei Idioten aus dem Foto grinsten.

Sie kauften einen Umschlag für das relativ beste Bild und adressierten ihn an Charlotte Müller in Montabaur.

Anschließend saßen sie im Biergarten mit einem Typ zusammen, den Peter bisher nur vom Wegsehen gekannt hatte.

Punkt neun Uhr klingelten sie an Christl Schäfers Haustür.

111

Wenig später öffnete sie sich, und Christl trat mit einem jungen Mann und zwei bildhübschen Mädchen auf die Straße.

Peter kriegte Stielaugen, als er die Mädchen sah.

»Na, hattet ihr einen schönen Tag?« fragte Christl.

»Irre«, versicherten sie ernst.

»Bei mir war's auch super. Ich habe meine Freunde angerufen, wir haben uns in der Emmeransmühle getroffen, ein paar sind dann noch mit zu mir gekommen. Schade, daß ihr nicht dabei wart. Aber ihr hattet ja eure Freunde.«

»Ja«, schwärmte Peter, »wir sind gar nicht rumgekommen, nicht wahr, Benny?«

Christl umarmte die hübschen Menschen, mit denen sie den Nachmittag verbracht hatte, und stieg ins Auto.

»Meine Mutter hat mir übrigens Torte für euch mitgegeben, erinnert mich daran, bevor ich aussteige«, sagte sie.

Wie auf Kommando fingen Peter und Benedikt an zu wiehern.

»Was ist los? Warum lacht ihr?«

»Ach, nichts – entschuldige –«

»Es ist Kirschtorte mit Streuseln, schmeckt wirklich gut.«

»Mit Streuseln –«, schluchzte Peter.

»Also ihr seid wirklich albern.« Christl war beinah gekränkt.

Es tat ihnen ja so leid, daß sie ihr nicht sagen konnten, weshalb sie lachten. Und das Fiasko ihres Ausflugs nach München einzugestehen erlaubte ihnen ihre männliche Eitelkeit nicht.

Karlchen arbeitete nun wieder in der Werkstatt in Montabaur. Sie machte die Glasuren, während Onkel Ernst an der Scheibe hockte, und Marianne, die Rechte in Gips, mit der Linken die Fenster putzte. Das tat sie gerne, wenn es regnete. Weil bei gutem Wetter geputzte Scheiben bekanntlich den Regen anziehen, und sie wollte sich ja nicht das gute Wetter verderben. Ergo ...

Lauterbach watschelte herein, er trug ein für seine Winzigkeit beachtlich großes Brett mit frisch gebrannten Kannen und lud es auf dem Tisch neben Karlchen ab.

Sein schrumpliges Kindergesicht strahlte. Lauterbach war 39 Jahre alt. In seinen Träumen war er manchmal so groß wie ein normaler Mann und wurde von Karlchen geliebt.

Seit einigen Monaten hatte er ein Verhältnis mit einer Türkin. Sie nahm ihn auf den Schoß und wiegte ihn wie ein Kind, und dann waren beide nicht mehr allein.

»Laß mich mal an die Scheibe, ich habe so lange nicht mehr –«, sagte Karlchen.

Onkel Ernst war froh, daß er aufstehen und ihr seinen Platz überlassen konnte.

»Wie geht's denn eigentlich so?« wollte sie wissen.

»Mit dem Betrieb, meinst du?« Er begann, seine Uhren aufzuziehen, von denen allein elf Stück in der Werkstatt hingen – gongongong-dingdangdong-bing – bang-bang – bingbingbing – Kuckuck – Kuckuck.

»Gewinn ist nicht mehr drin. Aber wenigstens buttern wir nicht zu wie der Rosler mit seinen dreißig Angestellten. Wenn es damals nach Marianne gegangen wäre –«

Marianne warf das Fensterleder nach ihm. »Jetzt geht die alte Leier wieder los!«

Zur Zeit der Hochkonjunktur hatte sie ihm geraten, das Unternehmen zu vergrößern. Aber Onkel Ernst wollte nichts davon wissen. Einmal ist Schluß mit dem großen Geldverdienen, hatte er prophezeit. Dann schlägt das Pendel zurück und erschlägt uns. Laß uns ein Familienbetrieb bleiben. Verdienen wir zwar weniger als die andern, können aber auch nicht Kopf und Kragen verlieren, wenn's mal anders kommt.

»Und wer hat recht gehabt? Marianne oder ich!? Nun sag schon, Charlotte.«

»Hör nicht auf ihn«, höhnte Marianne. »Liebend gern hätte er sich damals vergrößert, wenn er nur einen Partner gefunden hätte, der mit 100 000 Mark eingestiegen wäre.«

»Ich hatte einen!«

»Ja schon, aber kurz vorm Abschluß hast du dich mit ihm zerstritten. Du kannst ja mit keinem Frieden halten ...«

»Marianne!« drohte Ernst.

Sie lachte ihn herausfordernd an.

»Warum bist du nur auf deine Hand gefallen – warum nicht auf dein böses Maul?« knurrte er.

»Wie lange mußt du den Gips noch tragen?« erkundigte sich Karlchen.

»Das heißt, du möchtest wissen, wann du wieder abhauen kannst«, ahnte Marianne.

»Charlotte schon wieder fort? Was soll denn das? Charlotte bleibt hier!«

»Ich habe Bayern noch nicht durch.«

»Und selbst wenn, baust du noch ein paar Landkreise an, damit du wieder hinkannst«, sagte Marianne.

»Deine bayerischen Touren können wir uns überhaupt nicht mehr leisten, Charlotte. Dein Arbeitsplatz ist hier, verstanden?«

Karlchen holte einmal tief Luft – und sagte dann doch nicht, daß sie ihre Jugend nicht in dieser Werkstatt unter Onkel Ernsts Fuchtel zu vertöpfern gedachte.

»Was ist überhaupt mit deinem Freund Helmut?«

Dieses Thema hatte gerade noch gefehlt. Onkel Ernst konnte heute früh nicht genug Streit bekommen.

»Das war doch mal 'ne Liebe. Und nun redest du gar nicht mehr von ihm.«

»Helmut ist bei der Bundeswehr«, erinnerte Lauterbach.

»Na und?«

»Noch fast ein Jahr ist er da.«

»Na und? Na und?? Als wir Männer in Rußland waren, haben sich unsere Frauen ja auch nicht rumgetrieben.«

»Aber Ernst!« mahnte Marianne.

»Misch du dich bloß nicht ein!«

Karlchen ließ die Töpferscheibe auslaufen.

»Erstens ist Helmut nicht in Rußland, sondern in Kassel, und zweitens ist er schon lange nicht mehr *mein* Helmut.«

»Und warum nicht? So einen ordentlichen Menschen kriegst du nie wieder. So einer ist rar gesät. Und er hätte so gut hier reingepaßt.«

»Dann heirate du ihn doch«, sagte Marianne.

Einen Augenblick sah es so aus, als ob Onkel Ernst ihr etwas an den Kopf werfen wollte. Als Marianne ihn nun auch noch anlachte, verschwand er türenknallend.

»Wie hältst du das mit diesem Mann bloß aus?« wunderte sich Karlchen.

115

Marianne zuckte die Schultern. »Er hält es ja auch mit mir aus.«

Lauterbach lehnte an der Werkstatt-Tür und rauchte nachdenklich den Regen an. Neben ihm saß Lumpi, Karlchens Rauhhaardackel, der aussah, als ob ihn Marianne während ihrer Abwesenheit für irgendein nahes Schlachtfest gemästet hatte. Lumpi wäre eher die Blase geplatzt, als daß er eine krumme Pfote in die Nässe gesetzt hätte. Beide schauten zu dem abgestellten Kombi, von dessen Vordersitz Herr Müller-Mallersdorf zurückglotzte.

Der hat's gut, dachte Lauterbach neidisch, der kommt wenigstens herum. Der sieht was von der Welt und muß nicht täglich das Gemecker von Ernst Müller erleiden.

Und dann sah er den Postboten unter seiner Regenplane durch die Pfützen radeln. Er brachte die Zeitschrift, die Marianne an der Haustür abonniert hatte. Außerdem hatte er mehrere Bankbriefe, einen Gemeindebrief und einen Brief für Karlchen, in München abgestempelt.

Karlchen erkannte sofort die Schrift auf dem Umschlag – »Ach, das ist aber lieb« – und riß ihn auf. Heraus fiel das Bild von Peter und Benedikt, wie sie so Wange an Wange klebend, gefällig-verkrampft in die Linse lächelten. Auf der Rückseite stand: Erster Sonntag ohne Karlchen.

Karlchen weinte beinah vor Rührung. »Stellt euch vor, da sind die beiden extra nach München gefahren, um ein Foto für mich machen zu lassen.«

»Nun zeig endlich –« Marianne nahm es ihr aus der Hand.

»Der linke ist Benedikt, und der schräg drüber ...«

»... müßte dann wohl der Peter sein«, folgerte Marianne.

»Süß, nicht?«

»Süß –??«

»Allein die Idee.«

Sie gab ihr das Foto zurück. »Und wegen soviel männlicher Schönheit zieht es dich immer wieder in den Bayerischen Wald?«

»Ich hab die beiden so gern.«

»Und noch immer keinen lieber?«

»Nein. Das ist ja das Umständliche. Beide zusammen ergäben den idealen Mann. Aber jeder alleine ist wie ein großer Bruder für mich.«

»Tja, das ist wirklich umständlich«, sagte Marianne und ließ sich von Lauterbach in ihre Jacke helfen. Er mußte dazu auf einen Stuhl steigen. »Hoffentlich muß ich beim Arzt nicht lange warten.«

Als sie gegangen war, schaute Karlchen noch einmal mit Lauterbach das Foto an.

»Ich würde den linken nehmen«, sagte er nach einer Weile.

»Meinst du?«

»Oder den rechten.«

Da sie ja doch zu keiner Entscheidung kommen würde und auch nicht wollte, pinnte Karlchen das Foto erst einmal über ihren Arbeitsplatz.

117

10

Nach wenigen Wochen war Mariannes Arm so weit geheilt, daß sie die Glasuren der Kleinkeramik wieder übernehmen konnte.

Karlchen durfte töpfern, das machte ihr mehr Spaß. Lauterbach malte wie immer Blumen und Barockkringel und Hirsche und Waidmänner auf Krüge, Lumpi döste auf der Ofenbank. Das Radio lief den ganzen Tag, denn Onkel Ernst war für vier Tage verreist.

O seliger Frieden!

Jede Woche erhielt Karlchen Post vom Schmalzlerhof.

Keine Briefe, Gott bewahre, höchstens zwei Sätze: »Huhu, unser Karlchen! Wir sind so ohne Dich! Die Einödhofer.«

»Denen fällt auf Karten auch nicht mehr ein als deinem Onkel Ernst«, meinte Marianne dazu und drehte die gerade mit der Post eingetroffene Ansicht um: König Ludwig II. als junger Spund mit lockigem Haar in Galauniform.

Lauterbach war hingerissen. »Ein schöner Herr – so groß und stattlich und so trotzdem –! Den möchte ich mal auf Töpfe malen.«

»Versuch's doch«, meinte Marianne, den »Kini« betrachtend. »Der würde sich bestimmt besser verkaufen als unser Schnokus.«

»Vor allem in Bayern«, strahlte Karlchen hoffnungsfroh auf. »Komm, Lauterbach, mach gleich mal einen. Du kannst doch so schön malen!«

Der kleine Künstler fühlte sich geschmeichelt und beflügelt.

Bereits sein dritter Versuch erregte Karlchens Entzücken. Sie ernannte ihn zum »Hofmaler Lauterbach«, schleppte Berge von rohen Bechern und Krügen zu seinem Arbeitstisch, fütterte ihn mit Kuchen und Wein, zündete seine Zigaretten an, erlaubte ihm gerade noch, aufs Klo zu gehen. Bloß keine Zeit verlieren.

Mit jedem fertigen Becher oder Henkelkrug rückte ihre Heimkehr nach Bayern näher. Karlchen kolorierte schließlich die königliche Uniform und die Frisur, damit sich der Künstler Lauterbach nicht damit aufhalten mußte.

Marianne ließ sie kommentarlos gewähren.

An dem Tag, an dem sie Onkel Ernst zurückerwarteten, setzte bei Karlchen zum erstenmal ein gewisses Muffensausen ein. Sie kannte Onkels konservativen, auf Barock, Mäander und Blumenmuster begrenzten Geschmack. Ab und zu mal ein Jagdmotiv. Bloß nichts Modernes. Und Kitsch nur über seine Leiche.

Lauterbach hätte am liebsten seinen Jahresurlaub genommen, so flatterten ihm die Hosen.

Sie saßen gerade beim Abendbrot, als sie ihn von draußen röhren hörten: »Marianne! Charlotte! Lauterbach! Wo steckt ihr?«

Sie sahen sich an und rührten sich nicht vom Stuhl. »Schön ruhig bleiben«, lächelte Marianne.

»Warum seid ihr nicht da?« kam es vom Hof.

»Und in der Werkstatt habt ihr wieder das Licht brennen

119

lassen. Kaum verlasse ich das Haus, geht hier alles drunter und drüber.«

Karlchen hielt sich erschrocken den Mund. »Das Licht hab ich vergessen.«

»Macht nichts, dann sieht er's wenigstens gleich«, tröstete Marianne.

Ernst Müllers erster Blick in die Werkstatt fiel auch voll auf die Regale, auf denen sich Dutzende von Ludwigs drängelten. Der Onkel erstarrte, fummelte seine Brille auf die Nase, wollte es nicht glauben.

Aus einem König-Ludwig-Becher ragte übrigens eine Zahnbürste. Onkel ergriff ihn samt Bürste, packte einen Krug und stürmte aus der Werkstatt. »Marianne!!!!!«

Der Hund wedelte ungewiß. Einerseits freute er sich auf Herrchens Heimkehr, andererseits gefiel ihm sein Ton nicht.

»Kann ich mal die Butter haben?« wandte sich Marianne an Lauterbach. Er hörte nicht zu – Blick und Ohren auf die Tür gespitzt.

»Die Butter«, mahnte Marianne sanft.

»Charlotte!!!« Das klang schon wesentlich naher.

Jetzt war Onkel Ernst bereits im Haus.

Die Tür flog auf.

»Lauterbach!!«

Der Hofmaler König Ludwigs II. von Bayern rutschte vom Stuhl unter den Tisch, wo bereits Lumpi ins Exil gegangen war.

Marianne lächelte ihrem Lebensgefährten furchtlos-heiter entgegen. »Da ist ja unser Ernstl! Grüß dich, mein Schatz.«

»Was ist das hier??« Er hob Ludwig-Becher und Krug strafend in die Höhe. »Schämt ihr euch nicht? Seid ihr von allen künstlerischen Geistern verlassen?«

»Nein, wieso?« Marianne schmierte ein Brot.

120

»König Ludwig ist sicher ein besseres Geschäft als dein Rosamundeservice und die Bischofskrüge.«

»Du also auch, Marianne! Kaum kehre ich den Rücken, trittst du mir hinein.« Er stöhnte theatralisch auf, gefiel sich in seinem Wüten: »Kirmestinnef aus *meiner* Werkstatt. Pfui Teufel!« Zum erstenmal sah er sich den Henkel-Ludwig genauer an. »Schielen tut er auch noch. Als nächstes pinselt Lauterbach – wo ist das Subjekt –?« Er sah sich suchend um, dann unter den Tisch: »Komm vor! – pinselt er Wagners Richard auf Kaffeetassen – mit'm Schwan als Henkel.«

»Und die verkauft Charlotte in Bayreuth. Ist keine schlechte Idee.«

Onkel Ernst brüllte: »So! Und das bestimmst du?! Wer ist hier Herr im Haus???«

»Immer der, der am lautesten brüllt«, strahlte Marianne.

Eine Woche später wurden die Ludwigs verpackt und von Karlchen und Lauterbach im Kombi verladen.

Ernst wollte damit nichts zu tun haben. Er stand abseits und sprach Karlchen, den Initiator dieser Massenproduktion, noch immer nicht in direkter Rede an. Er sprach nur über sie.

»Marianne, dir ist hoffentlich klar, daß Charlotte dich ausgetrickst hat. Damit sie wieder nach Bayern kann. Denn wenn überhaupt, läßt sich das Zeug nur dort absetzen.«

»Du sagst es.«

»Und du hast sie auch noch unterstützt.«

»Ja.«

»Du unterstützt ihre Mannstollheit! Wegen ihrer Mannstollheit wird bei uns Kitsch produziert – auf meinen guten Namen! Schielende bayrische Könige!«

Marianne, Karlchen und Lauterbach verkniffen sich ein Lachen, um ihn nicht noch mehr zu reizen.

Dann nahmen sie herzlich Abschied.

Karlchen versprach, vorsichtig zu fahren und gleich anzurufen, sobald sie in München angekommen war. Mit einem Seitenblick auf Ernst, der in Hörweite grollte, trug sie Marianne auf: »Und dann grüße noch schön meinen Onkel Ernst Müller und sag ihm, ich nehme meinen Hund diesmal mit auf die Reise ... Braucht er sich wenigstens nicht über sein Bellen zu ärgern.«

»Der Hund bleibt hier«, verlangte Ernst, »sag ihr das, Marianne. Und damit basta!«

Mit weit ausholenden Schritten ging er auf die Werkstatt zu und schlug die Tür hinter sich beinah in Stücke.

Die drei schauten ihm nach.

»Geh zu ihm, er wartet drauf«, drängte Marianne.

»Und wenn er mich rausschmeißt?«

»Das tut er bestimmt!«

»Ein schwieriger Mensch«, seufzte Lauterbach.

»Den muß seine Mutti mit 'nem Klammerbeutel gepudert haben.«

11

Peter kaufte sich ein Auto. Na ja, was man so für 600 Mark kriegen kann. Aber Benedikt meinte, ein, zwei Jahre würde es noch machen. Auf alle Fälle bis zum nächsten TÜV.

Der Tankstellenwart, bei dem es seit Wochen zum Verkauf gestanden hatte, händigte ihm Schlüssel und Papiere aus. Peter blätterte fünfhundertsiebzig Mark in Scheinen hin, den Rest suchte er aus mehreren Taschen zusammen.

Dann stieg er ein und probierte Knöpfe und Schalter aus. »Jetzt kann ich jeden Morgen zehn Minuten später aufstehen!« Und zu Benedikt, der interessiert daneben stand: »Machen wir ein Rennen nach Hause? Ich geb dir 'ne Viertelstunde vor.«

»Okay.« Benedikt wollte gerade in seinen Wagen steigen, als ein VW-Kabrio in die Tankstelle einbog.

Peter pfiff durch die Zähne. »Nu schau mal, gucke, wer da kommt! Die Finkenzellertöchter!«

Alle vier stiegen aus, um sich zu begrüßen.

»In Reithosen gefallen Sie mir aber bedeutend besser als in Trauer«, staunte Peter anerkennend an der Steffi rauf und runter. Um die Hüfte hatte sie zwar für seinen Geschmack zuviel Belastung, aber sonst war nichts zu beanstanden.

»Ihr Neuer?« fragte Steffi.

»Mein erster.« Peter posierte lässig neben dem Kühler. »Seit zehn Minuten. Woher wissen Sie?«

»Es steht noch der Preis dran.«

Er borgte sich einen Lappen in der Tankstelle und wischte ihn von der Windschutzscheibe.

»Ohne Auto ist man ja hier verloren«, sagte Liesl, »vor allem, wenn man so weit draußen wohnt wie Sie.«

»Kommt doch mal zu uns«, schlug Peter vor.

»Wir haben es ganz romantisch.«

»*Wie* haben wir's?« Benedikt glaubte nicht recht gehört zu haben.

Die Finkenzellerinnen sahen sich überlegend an.

»Na ja – vielleicht – irgendwann mal.«

»Was ist mit gleich?« fragte Peter, der »Miezenschlepper«. »Kommt doch gleich mit raus. Benny kocht euch auch einen Tee.«

Sie sahen sich wieder an. Gleich war ihnen denn doch zu schnell.

»Okay. Bis morgen.« Peter stieg lässig in seine Rostlaube, als ob es ein Porsche wäre. »Wir warten auf euch.«

Er ließ den Motor aufkrächzen, winkte noch mal zurück und tuckerte von dannen. Benedikt folgte ihm. Als sie auf gleicher Höhe waren, schrie Peter »Na, was sagst du, das klappt doch alles wie geschmiert« zu ihm herüber und sang: »Wozu nach München schweifen, sieh, die Torten sind so nah zu greifen ...«

Benedikt gab Gas und war schon am Horizont.

»Angeber«, rief er hinter ihm her.

Am nächsten Vormittag faßte Benedikt einen starken Entschluß und führte ihn sogar aus: er kaufte Mengen von Kalk, um das Haus von außen und das Plumpsklo von innen zu weißeln.

Auf letzterem arbeitete er sich erst einmal warm, während das Kofferradio auf dem schweren Holzdeckel ihn abwechslungsreich berieselte: Schulfunk, Mozart-Sonate für Violine und Klavier, Nachrichten, Wasserstandsmeldungen, ein Interview mit Genosse Kruschke von der LPG über sächsische Frühkartoffeln. Ein Schlagerpotpourri.

Er ließ sich gerade von einer ebenso geheimnis- wie verheißungsvoll hauchenden Mädchenstimme verzaubern: »Ich bin die kleine Puschelfrau auf dem Zibapuschelteppich vom Teppichhaus am Rathausplatz «, als Peter auf den Hof fuhr.

Benedikt guckte aus dem Klo und sang »Pipapuschelweich, mein süßes Zibapuschelreich vom Teppichhaus am Rathausplatz.«

»Hier schaut's ja echt nach Arbeit aus«, staunte Peter.

»Du wirst auch schon mit Sehnsucht erwartet.«

»Von wem?«

»Von mir. Macht dich skeptisch, was?« Benedikt trug Radio und Farbeimer aus dem Klo auf den Hof. »Hier bin ich fertig. Jetzt fangen wir gleich am Haus an, jeder macht eine Front ...«

»Jadoch, jadoch.« Peter reagierte vorbeugend aggressiv. »Aber vielleicht darf ich mich vorher noch umziehen, ja? Kann ja schließlich nicht meine Sachen versauen! Oder??«

Er ging in die Kammer und holte fluchend seine Arbeitskluft aus dem Schrank. Kein Mittagessen, dafür schuften – das hatte er gern.

Anschließend rührte er Kalk an.

»Ist doch viel zu dick, Mensch«, rügte Benedikt. »Was machst du denn?«

»Kein Problem. Kann man alles verdünnen.«

Peter goß Wasser auf die Masse und rührte um. Benedikt sah mißtrauisch zu.

»Jetzt ist es aber zu dünn.«

»Machen wir's eben wieder dicker.«

Peter füllte einen Teil in einen zweiten Eimer und rührte neuen Kalk dazu.

125

Benedikt ging ins Haus und holte sich ein Bier aus dem Kühlschrank. Um kein Glas abwaschen zu müssen, trank er gleich aus der Flasche.

Inzwischen hatte es Peter auf vier Eimer Farbe gebracht.

»Sag mal, ist da Hefe drin?« staunte Benedikt bei seiner Rückkehr.

»Was weiß ein Fremder – mal ist es zu dick, mal ist es zu dünn ...«

In diesem Augenblick fuhren die Finkenzellertöchter auf den Hof.

»Fixluja, Ladies! Ausgerechnet heute!«

Weil Peter die Hände voller Farbe hatte, reichte er ihnen einen Ellbogen zur Begrüßung. »Das ist aber 'ne Überraschung!«

»Wir hatten doch gesagt, daß wir heute kommen!«

»Stimmt. Wir hatten nur nicht mit gerechnet. Aber schön, daß ihr da seid.«

Die Mädchen sahen sich auf dem Hof um. Sie kannten ihn noch von früher, als er dem Holzfäller Schmalzler gehörte.

»Hat sich hier aber gemacht«, lobte Liesl.

»Nun stellen Sie sich das Ganze mal in Weiß vor! Wir wollen gerade damit anfangen.«

»Leider hat so'n Haus vier Wände«, klagte Benedikt, der die Unterhaltung bisher Peter überlassen hatte.

»Sollen wir helfen?« fragte Liesl.

Benedikt und Peter sahen sich überlegend an.

Soll'n wir sie lassen? Auja!!

Sie drückten jeder einen Farbbesen in die Hand. Liesl guckte erschrocken. Sooo hatte sie das nicht gemeint.

»Und jetzt zeigt euch Benedikt, wie ihr es machen müßt.« Peter verzog sich Richtung Küche.

»He – und du?« rief Benedikt mißtrauisch hinter ihm her.

»Ich mixe inzwischen Drinks für euch.«

Benedikt hob die schwersten Eimer und trug sie ums Haus herum. Die Mädchen folgten mißmutig mit den Besen. Steffi mußte eine Leiter, die an der Rückwand lehnte, hinaufsteigen und oben mit der Arbeit beginnen, Liesl durfte sich derweil an der unteren Hauswand versuchen. Nachdem er ihnen mit kühnen, kalkspritzenden Besenstrichen vorgeführt hatte, wie man es machen muß, setzte sich auch Benedikt um die Hausecke ab.

Die Finkenzellerinnen weißelten eine Weile vor sich hin, bis Steffi ihren Besen in den Farbeimer warf, in dem er versank.

»Sag mal, Liesl, sind wir blöd? Wie kommen wir eigentlich dazu, den Burschen ihr Haus zu weißeln?«

Tja, wie kamen sie eigentlich dazu!?

Liesl ließ ihren Besen ebenfalls im Eimer absaufen. Gemeinsam gingen sie ums Haus herum. Vorn saß Benedikt auf der Bank und las Zeitung. Als er die beiden kommen sah, sprang er auf und knüllte die Gazette hinter sich.

»Ich wollte euch gerade holen.« Er beugte sich zum Küchenfenster und brüllte: »Peter! Die Drinks!«

Es wurde übrigens noch ein recht anregender Tag. Allerdings ein ungeweißelter. Die Eimer mit den abgesoffenen Besen standen noch immer da, wo die Mädchen sie unter Protest verlassen hatten, als sie gegen elf Uhr abends in ihren Wagen stiegen. Benedikt und Liesl knutschten zum Abschied. Peter verhielt sich bei Steffi zurückhaltender.

»War ja ganz prima«, meinte Peter, »seit langem mal ein richtig lustiger Abend. Was meinst du, wenn wir gewollt hätten –?«

Und dann gingen sie seufzend ans Aufräumen. Peter übernahm den Außendienst, Benedikt die Küche. Dabei entdeckte er ein Päckchen, das mit der Post gekommen war. Von Karlchen. Er hatte seine Neugier bezwungen und es erst öffnen wollen, wenn Peter aus der Schule kam. Und darüber hatte er es vergessen.

Jetzt knibberte er am Knoten der Schnur. Peter, der hereingekommen war, fuhr mit dem Messer dazwischen. Damit es schneller ging. Packpapier und Holzwolle segelten zu Boden. (»Und wer räumt das wieder auf???«)

Karlchen hatte ihnen zwei selbstgemachte Keramikbecher geschickt. Mit Henkel. Auf einem stand »Für Benedikt von Karlchen«, auf dem andern »Für Peter von Karlchen«. Außerdem fanden sie zwischen Holzwolle und Papier noch einen Brief und eine gefüllte Plastiktüte. Peter griff hinein, stopfte sich eine Handvoll Inhalt in den Mund: »Aha. Selbstgebackene Krümel!«

Benedikt hatte inzwischen den Brief gelesen. »Sie weiß noch nicht genau, wann sie uns besuchen kann. Aber zu ihrem Geburtstag kommt sie bestimmt.« Er sah Peter an. »Sag mal, wann hat sie eigentlich?«

Bedauerndes Achselzucken.

»Du weißt auch nie was.« Er ließ die leeren Flaschen aus dem Küchenfenster fallen. Das war weniger zeitraubend, als sie hinauszutragen. »Karlchens Geburtstag – egal, wann sie hat, wir müssen so tun, als ob wir's wissen, denn sie hat uns mehrmals das Datum gesagt, daran erinnere ich mich.«

»Ja und? Was schlägst du vor?«

»Wir wollen ihr 'ne Freude machen, und die müssen wir gleich morgen kaufen. Damit wir sie rechtzeitig hier haben.«

Am nächsten Tag gingen sie ins Kaufhaus Hirn zu Frau Anders.

»Wir haben ein Problem«, sprach Peter sie an, »wir brauchen ein Geschenk für unsere Freundin und wissen nicht was. Können Sie uns raten?«

»Welche ist es denn – die Steffi oder die Liesl Finkenzeller?« erkundigte sich Frau Anders.

»Wieso – woher –?!«

»Davon spricht ganz Nebel. Aber wenn ich Ihnen einen Rat geben darf – mich geht's ja nichts an, ich möchte Sie bloß warnen –, also da sind zwei junge Burschen, denen gefällt das gar nicht, daß die beiden gestern bei Ihnen waren die halbe Nacht. Das stimmt doch, oder?«

Peter und Ben überlegten, was sie dazu oder besser dagegen sagen sollten. Benedikt entschloß sich, ein distinguiertes Gesicht zu machen. »Sie haben uns mißverstanden, Frau Anders. Wir suchen ein Geschenk für Fräulein Müller.«

»Ach so, für die Nette«, schaltete sie ein wenig enttäuscht um, »die so lange nicht hier war.«

»Sie sagen es. Was schenken wir denn da?«

»Kommt drauf an, was sie gerne mag.«

»Uns zum Beispiel.«

Das half Frau Anders nicht weiter. »Wieviel wollen Sie denn ausgeben?«

»Kommt drauf an, was es kostet.«

»Vielleicht Parfum?« schlug sie vor und sprühte sich ein paar Proben auf den Handrücken, ließ beide nacheinander dran riechen.

Das Kaufhaus stank bald wie ein Puff, ohne daß sie einen Duft gefunden hatten, der zu Karlchen paßte. »Vielleicht nehmen wir lieber was Neutrales«, schlug Benedikt vor.

»Wie wäre es mit Gästehandtüchern. Wir haben da ganz

neue reingekriegt.« Frau Anders eilte in den oberen Stock, Peter und Benedikt hinterher.

Zehn Minuten später standen sie mit einer großen Tüte vor dem Kaufhaus auf dem Marktplatz. Peter hatte Lust, noch etwas zu unternehmen. Aber was konnte man in Nebel am Nachmittag unternehmen? Benedikt öffnete zum drittenmal die Tüte und blickte versonnen hinein.

»Wozu, frage ich dich, braucht Karlchen eigentlich Gäste-handtüchter? Sie ist doch pausenlos auf Achse.«

»Weiß auch nicht. *Dir* haben sie gefallen.«

»Dir auch. Hast du gesagt.«

»Ich habe mich nicht mehr getraut, abzulehnen, nachdem sie sich soviel Mühe gegeben hat.«

Benedikt entdeckte in diesem Augenblick die Finkenzeller-töchter im einzigen Café am Platze.

»Wenn man vom Esel spricht –«

»Etwa Karlchen?«

»Nein, Steffi und Liesl.«

Na bitte. Der Nachmittag war gerettet. Christl Schäfer, die gerade den Metzgerladen verließ und auf Peter zugehen woll-te, bemerkte er nicht. Sie zog sich zurück, als sie das Ziel der unternehmungslustig ausschreitenden Männer erspähte.

»Hallihallo – da seid's ihr ja!« rief Liesl über den Marktplatz. »Kommt, setzt euch zu uns!«

Steffi wollte unbedingt den Inhalt der Kaufhaustüte sehen. »Schau, Lieserl, sie lernen noch, was sich Damen gegenüber gehört. Sie haben Gästehandtücher angeschafft. – Rechnet ihr etwa damit, daß wir jetzt öfter zu euch kommen?«

Benedikt wollte wahrheitsgemäß antworten, aber Peter trat ihm den Fuß durch. »Laß sie doch in dem Glauben.«

»Judas!« murrte Benedikt. Verrät unser Karlchen und ihre Handtüchter an diese Gänse. – Und dann sah er etwas, was ihn beunruhigte. Zwei gedrungene, bodygebildete Burschen mit Locken bis in den starken Nacken machten sich an seinem Auto zu schaffen. »Wer ist das? Was wollen die?«

»Ach – ph, kannst vergessen, ganz unwichtige Typen«, tat Liesl die beiden ab. Steffi gab wenigstens zu, daß sie mit denen eine Weile »gegangen« wären, sehr zum Ärger ihres Vaters, der von ihnen nur als den »nutzlosen Schanis« zu reden pflegte.

»Ich geh mal gucken, was die machen.« Als Benedikt sich seinem Auto näherte, bedachten ihn die beiden Kraftmeier mit einem gewalttätigen Blick, stiegen auf ihre Hondas und pneuten mit Vollgas von dannen.

In den Staub seiner Kühlerhaube hatten sie »Haut ab, ihr Deppen« geschrieben. Das ging ja noch. Benedikt hatte Herberes befürchtet.

»Was war denn?« wollten die Mädchen wissen, als er zurückkam und seinen inzwischen verkühlten Kaffee austrank.

»Nichts weiter. Vielleicht sollte ich mal mein Auto waschen lassen.«

Steffi kicherte zufrieden. Liesl blähte die Bluse. Es ging ihnen ja so gut. Zwei abgelegte Kerle sannen auf Rache, zwei neue waren ihnen sicher, und diesmal hatte selbst ihr Vater nichts dagegen, obgleich sie Zugereiste waren. »Wenn euch der Architekt so gut gefällt, dann bringt ihn doch vorbei. Sein Freund kann mitkommen.«

So kamen Peter und Benedikt zu der unverhofften Einladung: »Wollt's ihr mal die Brauerei sehen? Mein Vater ist heute da und führt euch herum. Wir können gleich hinfahren, wenn ihr wollt.«

Hauptaktionär der Nebelbrauerei war der Vater von der

131

Frau Finkenzeller gewesen. Nach seinem Tod erbte sie das Paket. Ihr Mann hatte sich den Vorsitz im Vorstand gesichert und kümmerte sich neben seinem Baugeschäft auch um die Finanzen der Brauerei.

Eine Tochter sollte mal einen Mann aus der Bierbranche heiraten, die andere einen, der mit dem Baugewerbe vertraut war. Zum Beispiel einen Architekten.

»Heut geht's schlecht, lieber ein anderes Mal«, kniff Benedikt. »Ich muß meine Pläne für das Schulmodell abschließen. Ist ja bald Einsendeschluß.«

»Unser Vater sitzt übrigens in der Jury«, sagte Steffi. »Solln wir mal mit ihm reden?«

»Lieb von euch, aber es handelt sich ja um einen Wettbewerb.«

Sie tranken noch eine Schorle miteinander, dann verabschiedeten sie sich.

»Du vermasselst einem den ganzen Nachmittag. Die Brauerei hätte mich interessiert«, schimpfte Peter.

»Warum bist du nicht mitgefahren?«

»Hab ja kein Auto dabei.«

»Liesl hätte dich sicher gern heimgebracht.«

»Ich weiß nicht so recht«, sagte Peter, seine Nase reibend, weil sie juckte. »Wenn ich mit der Liesl allein bin – erst heizt sie mich an, daß mir die Ohren schlackern – und wenn ich was will, redet sie von ihrem Vater.«

»Nachtigall, ick hör dir trapsen ...«

»Bei mir ist mal eine Sache mit einem Mädchen auseinandergegangen, weil ich immer das Gefühl hatte, hinter der Tür steht die Mutter mit dem Klappaltar. Also entweder ich tu's freiwillig – aber zwingen laß ich mich nicht.«

Schon von weitem kam ihnen Peters auf dem Hof parkendes Auto seltsam vor.

»Das ist irgendwie eingelaufen.«

»Gerade gekauft und schon die Räder abgefahren«, Benedikt brach vor Lachen überm Steuerrad zusammen.

»Halt's Maul!« schrie Peter, aus dem noch fahrenden Wagen springend, und rannte auf sein radamputiertes Eigentum zu.

An der Windschutzscheibe, hinter einem Scheibenwischer, klemmte ein Zettel:

Letzte Warnung!
Laßt die Finger von
den F.-Mädeln oder das hier war
nur ein harmloser Anfang!!

»So eine Sauerei, verfluchte«, schimpfte Peter. »Das sind dieselben, die dein Auto beschmiert haben.«

Benedikt zeigte in die Höhe. »Da oben —« Im Baum hing eins der vier vermißten Autoräder über einem starken Ast. Zwei weitere fanden sie später im Wald. Es war schon dämmrig, als Peter bemerkte, daß der Deckel der Odelgrube schief auflag. Ein Seil führte von einem nahen Baum straff gespannt hinein.

Er wußte im selben Augenblick, was daran befestigt war, und hob den Kopf wie ein röhrender Hirsch, aber was er ausstieß, waren keine Brunftschreie, sondern Morddrohungen und Flüche.

»Der kann ja noch schlimmere Sachen als mein Onkel Ernst«, sagte Karlchens Stimme tief beeindruckt hinter ihm.

Peter fuhr herum.

Da stand sie wirklich, in Benedikts Arm, und erwartete, daß er sich über ihr Kommen freute. Aber zwischen Peter und dem Rest der Welt inklusive Karlchen stand der noch zu hebende Autoreifen und die Wut darüber und der Ekel davor. Es fiel ihm gerade noch ein, daß sie zu ihrem Geburtstag herkommen wollte.

»Herzlichen Glückwunsch.«

»Noch nicht, ich hab ja erst ab zwölf.« Und dann schleppten sie gemeinsam viele, viele Eimer Wasser herbei, um das inzwischen gehobene vierte Rad von der Odel zu befreien.

»Riecht streng«, meinte Karlchen.

»Das kann nicht von uns sein«, lehnte der Ästhet Benedikt ab. »Das ist noch von unsern Vorgängern.«

»Wer war bloß so gemein?« fragte sie bereits zum zehntenmal. »Ihr könnt mir nicht erzählen, daß ihr nicht wißt, wer das gemacht hat. Das sieht nach Rache aus! Ihr müßt es der Polizei melden!«

»Damit ganz Nebel über uns lacht?«

»Das tun sie sowieso, bis morgen früh ist es rum«, ahnte Benedikt.

Weder er noch Peter waren bereit, zu erzählen, daß es sich bei den Tätern um eifersüchtige, ortsansässige Muskelpakete handelte. Denn das hätte bedeutet, auch den Grund ihrer Eifersucht zu gestehen.

Beide scheuten Debatten mit Karlchen über die Finkenzellertöchter. Und wozu auch? Peter war die Lust auf Liesl gründlich verstunken. Außerdem drohten hinter diesen Mädchen zu viele Männer – selbst der Vater. Sie hatten sich mit ihnen amüsieren wollen, nicht fürchten.

Und jetzt war Karlchen wieder da. Durch ihre Anwesenheit fühlten sie sich erleichtert und beschützt. Karlchen – ihr Rettungsring, ihr sauberes Gewissen.

»Komm, setz dich. Magst du was trinken?«

»Magst du Katenschinken? Aus Holstein? Hat meine Schwester geschickt.«

»Wir machen dir Musik, ja? Was willst du hören?« Karlchen saß auf der Fensterbank und schaute beseligt um sich.

»Ich hab ja gehofft, daß ihr euch freuen würdet, wenn ich komme. Aber daß ihr euch soo freut –!« Sie hatte ihren Hund Lumpi mitgebracht. »Damit er mal was anderes kennenlernt als den Westerwald.«

»Du bleibst hoffentlich länger hier?«

»Erst mal bis Montag. Montag muß ich weiter. Aber nicht zu weit. – Gibt mir mal einer meine Hebammentasche herüber?«

Als solche bezeichnete sie eine alte lederne Reisetasche mit unerschöpflichem Bauch, aus dem sie jetzt Schmalz und Marmeladen (aus Mariannes Vorräten) und Wein und Hundefutter und Aufschnitt und Geburtstagskuchen und noch und nöcher hervorholte.

»Weißt du, wie du mir vorkommst? Wie eine Mischung aus Oma-zu-Besuch und Rotkäppchen«, sagte Benedikt.

Zuletzt holte sie einen Henkelbecher hervor – so einen, wie sie den beiden geschickt hatte. Nur stand auf ihrem »Für Karlchen von Karlchen«. Den stellte sie zwischen Peters und Benedikts aufs Bord.

»Peter – Karlchen – Benedikt.« Sie pfiff Lumpi neben sich auf die Bank, weil er ja nun auch dazugehörte. »Wir haben Hühner und einen Hahn und einen Hund. Wir sind eine Familie geworden. Wenn ich jetzt an Zuhause denke, dann denke ich nicht an Montabaur, sondern an den Schmalzlerhof. Ich wünschte, es würde nie Winter.«

»Karlchen hat eine Rede gehalten«, sagte Benedikt beeindruckt.

»Hol mal die Gästehandtüchter«, bat Peter.

»Die kriegt sie erst nach zwölf.«

»Haben wir überhaupt Geburtstagskerzen?«

»Nur die eine im Klo.«

Und Blumen hatten sie auch keine.

Aber wozu gab es Wiesen rundherum?

Karlchen sollte einen schönen Geburtstag haben.

Bereits am Morgen nach der »Tat« hielten sich die Kinder die Nase zu, wenn sie an Peters Auto vorübergingen. Dabei roch es längst nicht mehr nach Odel, sondern nach Odol. Karlchen hatte eine Flasche Mundwasser verdünnt über den Reifen gegossen.

Die abgelegten Freier brüsteten sich, sie hätten ihren Nachfolgern bei den Finkenzellerschwestern total die Tour vermasselt.

Die beiden Mädchen wiederum waren gekränkt, weil Peter und Benedikt sich nicht mehr bei ihnen sehen ließen, und posaunten im ganzen Ort herum, was der Lehrer und der Architekt doch für zugereiste Schlappschwänze wären. Kaum drohte ihnen einer mit Rache, schon kuschten sie vor Angst und kehrten reumütig zu ihrer pummeligen Sommersprosse zurück. Es ärgerte sie vor allem, daß Karlchen wieder da war.

12

Fonsä, ältester Zwicknagelsohn, kam hüftwiegend, mit zwei Colts rechts und links in den krachledernen Zuwachshosen, den Wiesenweg zum Hieblerhof herauf. Vor dem Schuppen baute er sich breitbeinig auf, die Daumen im Hosenbund, Colts in Griffnähe. »Komm heraus, Sheriff, wenn du dich traust!«

Nichts rührte sich.

Fonsä schwoll der Kamm. »Glei kimmst außi!!!«

Da hupte es ihm in den Hintern.

Er war so vertieft in seine Herausforderung gewesen, daß er das ankommende Auto nicht gehört hatte.

»Kann ich mal vorbei?« fragte Karlchen aus dem heruntergekurbelten Fenster.

Fonsä drehte sich um. »Ich bin John Wayne.«

»Oh, pardon, wer konnte das ahnen! Darf ich trotzdem passieren, John?«

Großmütig trat er zur Seite.

Vor der Stalltür mit ihren vielen Plaketten und Auszeichnungen parkte Karlchen den Wagen, öffnete seine hintere Klappe und nahm die Milchkannen heraus. Fonsä sah ihr aus der Entfernung zu.

Dabei machte er eine sensationelle Entdeckung: im Laderaum des Kombis lag ein Kerl, ein Pupperich, wie sich beim zweiten Blick herausstellte.

Fonsä wartete, bis Karlchen mit ihren Kannen im Stall verschwunden war, dann rannte er zum Schuppen und bummerte mit beiden Fäusten gegen die Tür. »Aufmachen! Schnell! Billy the Kid ist da!«

Im Nu stürzten Bertl Hiebler, Loisl und Andi heraus. Im Laufen heftete sich Andi seinen Sheriffstern an.

»Wo?«

»In der Kutsche!« Fonsä zeigte in den Kombi.

»Den schnappen wir uns«, beschloß Bertl und nahm Haltung an. »Billy se Kind! Im Namen des Gesetzes: du bist verhaftet!!«

Dann zogen sie ihn an den Beinen heraus und trugen ihn eilig zum Schuppen.

Bis Karlchen die Hieblerbäuerin gefunden hatte – sie war nicht im Stall, sondern im angrenzenden Wohnhaus –, bis sie ausgeratscht hatten, verging eine Zeit.

Herrn Müller-Mallersdorf vermißte sie nicht, als sie ihre gefüllten Milchkannen umkippsicher neben ihrem Sitz unterbrachte.

Das Geräusch ihres abfahrenden Wagens beruhigte die vier Westernhelden im Schuppen.

»Sie hat's nicht gespitzt.«

»Aber wenn sie's nachher merkt?«

»Weiß sie noch immer nicht, wer ihn hat.«

Anschließend wurde Herr Müller-Mallersdorf in seiner neuen Rolle als Billy the Kid an einen Stützpfeiler gebunden. Sheriff Andi eröffnete die Gerichtssitzung: »Billy se Kind, wir klagen dich an –!!«

Einen Tag nachdem Fonsä und Loisl Zwicknagel mit ihren Freunden Herrn Müller-Mallersdorf gekidnappt hatten, schoß ihre Mutter am späten Vormittag ins Schulhaus.

Atemlos vom Laufen erkundigte sie sich bei Gumpizek nach Rektor Nachtmann.

»Ich bin spät dran, wissen Sie. Unser Geselle hatte den Daumen in der Wurstmaschine.«

»Jessasmaria!« Gumpi blieb stehen. »Den linken oder den rechten?«

»Darauf hab ich nicht geschaut in der Aufregung.« Zwischen Lehrer- und Rektorzimmer standen drei Stühle und eine spillrige Blattpflanze. Auf einem der Stühle saß bereits Frau Anders, sehr blaß und nicht weniger nervös als Frau Zwicknagel. Sie zerzirbelte Blätter zwischen den Fingern, ohne es zu merken.

»Grüß Gott, Frau Anders. Sind Sie auch zum Rektor bestellt?«

»Ich warte auf Herrn Melchior.«

Gumpi blickte tadelnd auf Frau Anders' nervöse Finger an der Blattpflanze. »Is es a Wunder, wenn der Topf nich mecht gedeihen?«

Er schob ihn ostentativ aus ihrer Reichweite und ging weiter. Von fern hörte man den Schulchor proben:

> Wir pflügen und wir streuen
> den Samen auf das Land,
> doch Wachstum und Gedeihen
> steht nicht in unserer Hand –

Frau Zwicknagel rutschte auf ihrem Stuhl hin und her.

»Es ist wegen meinem Loisl. Es schaut so aus, als ob der Bub die zweite Klasse wieder nicht schafft. Dabei ist er gescheiter wie der Fonsä, unser Ältester. Aber 's Lernen fällt ihm halt schwer. Das Lesen und das Schreiben.« Ihre Hände krampften sich haltsuchend um den Handtaschenbügel.

»Wenn einen der Rektor bestellt – der bestellt einen ja nicht, um zu gratulieren.«

Die Tür vom Musikraum ging auf.

Nun schallte der Gesang laut über den Flur:

> Alle gute Gabe
> kommt her von Gott dem Herrn,
> Drum dankt ihm, dankt ...

An dieser Stelle brüllte Oberlehrer Schlicht »Himmisakra, wenn du noch einmal feixt!« dazwischen.

Die Tür knallte zu.

»Weswegen sind denn Sie bestellt?« fragte Frau Zwicknagel.

Aber da kam schon Peter, um Frau Anders zu holen.

»Tut mir leid, daß ich Sie hab warten lassen. – Ach, Frau Zwicknagel, wollen Sie auch zu mir?«

»Nein, leider nicht, Herr Melchior.« Die Frauen wünschten sich gegenseitig alles Gute.

Nun saß ihm Frau Anders im Lehrerzimmer gegenüber.

»Darf ich rauchen? Ich hab es mir zwar abgewöhnt, aber ...«

Er gab ihr Feuer. »Was ist los? Warum sind Sie so aufgeregt? Ihr Andi steht doch prima!«

»Herr Melchior, ich komme nicht wegen Andis Leistungen. Es geht um seinen Vater.«

»Ich denke, Sie sind geschieden?«

»Seit drei Jahren. Wir haben keinen Kontakt mehr. Zahlen tut er auch nicht für den Jungen. Ich hör nur ab und zu durch seine Schwester von ihm. Er ist seit zwei Jahren ohne Arbeit –«

Sie brach ab, rauchte nervös.

»Was ist los, Frau Anders?«

»Sie haben sicher vom Regensburger Bankräuber-Prozeß gehört?«

»Ich hab was drüber gelesen.«

»In die Sache ist er verwickelt. Jetzt ist Anklage gegen ihn erhoben worden – wegen Beihilfe. Er soll die Fluchtautos geklaut haben. – Bisher hat das hier keiner gewußt. Aber gestern ist ein Ausfahrer von der Nebelbräu aus Regensburg zurückgekommen. Der erzählt überall herum, daß Andis Vater in Haft ist.«

»Was kann Ihnen das ausmachen? Sie sind geschieden.«

»Deswegen bleibt der Andi doch sein Sohn. – Sie waren noch nicht hier, wie der Reinthaler-Bauer den Hinterhuber im Rausch erschlagen hat. Die Reinthalers waren bis dahin eine angesehene Familie im Ort, aber auf einmal kannten die alten Freunde sie nicht mehr. Ihr Sohn fand keine Lehrstelle im ganzen Kreis. Nachts haben sie ihnen die Scheiben eingeworfen. Und die beiden Reinthaler-Mädchen – ›Mörderkinder‹ haben sie hinter denen hergerufen. Mörderkinder! – Die Kinder müssen es büßen, immer die Kinder! – Verstehen Sie, daß ich das Andi ersparen möchte?«

»Aber es ist doch noch gar nicht erwiesen, daß sein Vater wirklich verurteilt wird«, sagte Peter.

»Da kennen Sie die Leute schlecht. Die brauchen keine Beweise, denen genügt schon ein Verdacht.« Sie erhob sich. »Ich muß ins Geschäft zurück. Bitte, Herr Melchior –«

»Ich werde auf ihn aufpassen«, versprach Peter.

Christl Schäfer und Frau Sommerblühn kamen herein. »Wir haben jetzt Konferenz.«

Frau Anders ging mit raschem Gruß an ihnen vorbei.

»Es geht mal wieder um die Lernschwachen. Nachtmann hat beim Schulamt beantragt, daß sie auf eine Sonderschule kommen, weil sie bei den gegebenen Klassenstärken den Unterricht aufhalten«, sagte Frau Sommerblühn.

»Und welche Schüler sind davon betroffen?«

»Der kleine Zwicknagel, das ist ein schwerer Legastheniker, und die Beate Liebenau aus der dritten Klasse. Die nächste Sonderschule ist eine Stunde Bahnfahrt entfernt – ein Wahnsinn«, erregte sich Christl.

Schlicht, der beim Hereinkommen ihre letzten Worte aufgeschnappt hatte, beruhigte sie: »Was ist schon eine Stunde Bahnfahrt, Fräulein Schäfer? Ich bin als kleiner Bub Tag für Tag bei jedem Wind und Wetter anderthalb Stunden zur Schule *gelaufen!*«

Frau Sommerblühn sah ihn bewundernd an. »Tapfer, tapfer, lieber Schlicht.«

Das also war der Grund, weshalb Herr Nachtmann Frau Zwicknagel zu sich bestellt hatte.

Als Peter nach Hause fahren wollte, sah er Benedikts Wagen vor der Metzgerei parken und stieg aus. Frau Zwicknagel trug noch die gute Bluse vom Rektorbesuch unterm Kittel, während sie Fräulein Schneider bediente, eine steinreiche alte Jungfer, die der Geiz frühzeitig hatte verhutzeln lassen.

»Was soll's denn sein, Fräulein Schneider? Wieder zehn Gramm Gehacktes wie's letzte Mal?« erkundigte sich Frau Zwicknagel mit einem Zwinkern zu Benedikt.

»Heute dürfen es zwanzig Gramm sein, ich erwarte meine Nichte zu Besuch.«

»Sonst noch was?«

»Einen Kalbfleischknochen.«

»Mehr Fleisch als Knochen, ich weiß.« Frau Zwicknagel tippte gerade die Minibeträge zusammen, als Peter den Laden betrat. »Gut, daß Sie kommen, mit Ihnen muß ich reden.«

Im Zimmer hinter dem Laden wurde es plötzlich sehr laut. Zwicknagel schrie: »Hundsbua, damischer! Des kannst mit dei Mutta machn, mit mir net! Verstehst? Net mit mir.« Gleich darauf klatschte es, Loisl riß die Tür zum Laden auf und stol-

142

perte grußlos, seine Backe haltend, an Peter vorbei auf die Straße. Weg war er.

Fräulein Schneider nahm sich viel Zeit beim Wühlen in ihrem Portemonnaie: »Ich weiß nicht, ob ich's passend habe –« Sie wollte noch ein bißchen zuhören. Frau Zwicknagel nahm ihr kurzerhand das Portemonnaie aus der Hand und das Geld selbst heraus.

Ehe sie protestieren konnte, hatte Peter die Jungfer zur Tür hinausgeschoben.

»Schließen Sie gleich ab, es ist eh schon Tischzeit.«

»Was war denn mit Ihrem Mann?« fragte Peter.

»Ach, der. Der wollte mir vorführen, wie man mit dem Buben Schularbeiten macht. Ich bin ja zu blöd dazu. – Er hat übrigens noch keine Ahnung von der Sonderschul. Ich hatte noch nicht den passenden Moment dafür. – Am liebsten wär's mir ja, wenn Sie es ihm sagen möchten, Herr Melchior.«

Warum hab ich bloß angehalten? bereute Peter. Warum bin ich nicht strikt nach Haus gefahren? Er hatte so gar keine Lust auf einen Nahkampf mit dem cholerischen Metzgermeister, der gerade den Laden betrat.

»Wo ist der Loisl hin? Ach, der Herr Lehrer!« Zwicknagel gab Peter und Benedikt die Hand über den Ladentisch hinweg. »Ich sag's Ihnen. Das ist ein Kreuz mit dem Buben. Was haben wir schon alles in den investiert. Ein halbes Jahr Nachhilfe bei einem pensionierten Oberlehrer – die Stunde zu achtzehn Mark. Und was hat er gelernt? Nix hat er gelernt. Senf hat er ihm auf den Sitz geschmiert. – Dabei ist er nicht blöd. Aber faul ist er und obstinat! Er wird immer aufsässiger!«

Jetzt griff Peter ein: »Der Loisl hat eine echte Lernschwäche, Herr Zwicknagel. Er kann nichts dafür.«

»Ah, gehn S'.«

»Das kommt gar nicht so selten vor. Aber man kann was

dagegen tun. Es gibt Lehrer auf Sonderschulen, die speziell dafür ausgebildet sind.«

»Ja«, sagte Frau Zwicknagel, »das hat mir der Nachtmann heute auch gesagt.«

»Und warum hast mir nix davon gered't?« fuhr ihr Mann sie an.

»Dir, Alfred? Du gehst doch gleich an die Decke.« Zwicknagel sah sie der Reihe nach erschüttert an.

»*Mein* Bub auf einer Sonderschul! Ja, gibt's denn des! Von unserer Familie war noch keiner nicht auf einer Hilfsschul. Diese Schand! Wenn das die Leut erfahren ...«

»Hör auf zu greinen«, unterbrach ihn die Metzgerin ärgerlich. »Hauptsach, der Loisl ist gesund. Jetzt gibt's einen Schweinsbraten. Ihr zwei eßt mit, Herr Melchior, aber fangt's mir vorher meinen Buben ein.«

Benedikt und Peter dachten kurzfristig an Karlchen. Bestimmt hatte sie etwas fürchterlich schmeckendes Gutgemeintes zusammengekocht und wartete nun mit vielen Entschuldigungen, die sie als Beilage zu servieren pflegte, auf ihre Heimkehr.

Schweinsbraten mit Kruste und Knödeln waren stärker als ihr schlechtes Gewissen.

Peter stand in der Zehnuhrpause am Fenster des Lehrerzimmers und aß sein Pausenbrot. Frau Sommerblühn goß ihm gerade eine Tasse von ihrem Thermoskannenkaffee in einen Pappbecher, als der Lärm, der vom Schulhof heraufdrang, bedrohlich anschwoll.

Unter der alten Linde ballten sich kampffreudige Knaben. »Pengpengpeng – Geld her oder Leben – Peng! Peng! – Hilfe!!! Überfall!!! Polizei!!!«

144

Oberlehrer Schlicht und Christl Schäfer, die die Aufsicht hatten, kamen herbeigerannt und versuchten, die Massenprügelei in Einzelteile zu zerlegen.

»Die spielen Raubüberfall«, meinte Frau Sommerblühn, die ebenfalls ans Fenster getreten war.

Peter sah, wie Schlicht Andi Anders von unterst zu oberst zog und vor sich her zur Tür bugsierte.

»Der Andi«, begriff Peter endlich und rannte aus dem Lehrerzimmer die Treppen hinunter.

In der Eingangshalle traf er auf Schlicht und den Jungen. »Andi!« Er riß ihn dem Oberlehrer aus der Kralle. »Was haben sie mit dir gemacht?«

Einen Moment war Schlicht sprachlos vor Entrüstung, aber nur einen Moment lang. »Herr Kollege! Erklären Sie mir Ihr unmögliches Verhalten. Sie nehmen den Bub in Schutz ...«

»Ja, Peter, das versteh ich auch nicht«, mischte sich Christl Schäfer ein, die nachgekommen war.

»Die Jungen haben ganz friedlich Banküberfall gespielt. Da ist der Andi plötzlich wie ein Stier dazwischen und fängt eine Prügelei an.«

Andi sah Peter haßerfüllt an. »Sie haben Banküberfall in Regensburg gespielt!«

»Hat dich einer angegriffen?«

»Nein, aber –«

»Da hören Sie's!« fuhr Schlicht dazwischen.

»Mein Papa ist kein Bankräuber!«

»Wie kommst du denn darauf?« fragte die Schäfer. Peter sah Andi an. »Geh in deine Klasse und laß dich mit keinem mehr ein. Verstanden?«

Der nickte und rannte los, hielt noch mal an, sah sich besorgt um. »Kann ich jetzt noch Sheriff sein?«

Schlicht brach zusammen. »Andere Sorgen hast du nicht?«

brüllte er hinter ihm her und klatschte in Ermangelung eines greifbaren Andi seine Rechte auf einen steinernen Spucknapf. Dabei tat er sich erheblich weh, worüber Peter grinsen mußte.

Peters Grinsen verwandelte den Schmerz in Jähzorn.

»Sie –! Sie sind mir noch eine Erklärung schuldig!«

»Andis Vater ist wegen Beihilfe beim Regensburger Bankraub angeklagt. Das ist furchtbar für den Jungen. Er hat geglaubt, die anderen wollten ihn mit ihrem Spiel hänseln. Darum griff er an.«

Schlicht interessierten weder Fakten noch Gefühle außerhalb seines Amtsbereichs.

Es ging ihm ausschließlich darum, daß Andi während seiner Aufsicht eine Prügelei angefangen und daß LAA Melchior parteiisch in seine – Schlichts – Kompetenzen eingegriffen hatte.

»Dieser Korinthenkacker«, sagte Peter zu Christl Schäfer und ging davon.

Als Peter mittags heimkam, sah er ein Fahrrad an der Hauswand lehnen.

»Haben wir Besuch?« fragte er Benedikt, der ihm entgegenging.

»Frau Anders ist da.«

Sie saß in der Küche. Karlchen hatte Kaffee gemacht.

Die Neuigkeit betraf Herrn Hirn, den Besitzer des Kaufhauses. »Er möchte mich vorläufig nicht im Verkauf beschäftigen. Die Leute könnten Anstoß daran nehmen, weil ich eine Kriminellenfrau bin.«

Peter sah sie ungläubig an. »Das darf doch nicht wahr sein!«

»Wortwörtlich. Es tut ihm leid, er ist zufrieden mit mir, aber

146

was soll er machen?« Ihre Stimme war ohne Emotion. Sie hatte bereits resigniert.

»Vorläufig soll ich im Lager arbeiten.«

»Das ist doch finsterstes Mittelalter!« regte sich Karlchen auf.

Peter dachte praktisch. »Haben Sie schon mit dem Anwalt Ihres Mannes telefoniert?«

Frau Anders sprang ihm beinah an die Kehle. »Er ist nicht mehr mein Mann! Wir haben nichts mit ihm zu tun.« Und begegnete lauter erschrockenen Gesichtern ob ihres Ausbruchs. »Verzeihung. Ich bin so nervös. Am liebsten möchte ich den Jungen nehmen und mit ihm irgendwo hinziehen, wo uns keiner kennt.«

»Aber es war doch nur Beihilfe zum Überfall«, versuchte Peter sie zu trösten.

»Trotzdem. Andis Vater sitzt im Knast. Das genügt den Leuten zum Verurteilen. Was immer der Junge jetzt anstellt, gleich wird's heißen: Kein Wunder bei dem Vater.« Sie sah auf ihre Uhr.

»Meine Mittagspause ist um. Vielen Dank, daß Sie mir zugehört haben. Und danke für den Kaffee.« Alle drei brachten sie zu ihrem Fahrrad.

Peter und Benedikt gingen ins Haus zurück, Karlchen wollte noch ihre Adressenkartei aus dem Kombi holen.

»Weißt du, was wir jetzt machen«, beschloß Benedikt nach langem Überlegen. »Einen Gang nach Canossa. Zu den Finkenzellerinnen.«

Karlchen kam schreiend ins Haus gelaufen.

»Herr Müller-Mallersdorf ist weg! Habt ihr ihn aus dem Wagen genommen?«

Sie wiesen diese Vermutung weit von sich. Was sollten sie wohl mit dem Deppen – ha?

»Dann hat ihn einer gestohlen.«

»Komm, Karlchen, spinn nicht. Räuber haben Wichtigeres zu klauen als den.« Peter hatte jetzt keinen Nerv für einen verschwundenen Müller-Mallersdorf. »Wir müssen übrigens noch mal weg. Dauert nicht lange.«

Sie hatten Glück.

Ein Besuch auf dem Finkenzellerschen Anwesen mit Knicks und Blabla über Nebel und das Wetter um Nebel herum blieb ihnen erspart. Denn sie entdeckten Liesl und Steffi auf dem Weg dorthin auf der Pferdekoppel.

Steffi war eine gute Springreiterin, die von ländlichen Turnieren Pokale, Stallplaketten und Rosetten heimbrachte.

»Schau mal, wer da kommt.« Sie hatte Benedikts Wagen erkannt.

»Die Schmalzlerbuben«, staunte Liesl. »Nicht zu fassen. Wollen wir die eigentlich noch kennen?«

»Kommt drauf an, was sie von uns wollen.« Der Wagen holperte den Feldweg herauf und hielt vorm Koppelzaun.

Peter buffte Benedikt in die Seite. »Lächle, auch wenn sie dich anpöbeln. Denk daran, wir wollen was von ihnen.«

Sie stiegen aus.

Und blieben am Gatter stehen. »Kommt doch mal her!«

»Wieso wir? Wenn ihr was wollt, kommt auf die Wiese«, riefen sie zurück.

»Geht nicht. Benny hat Schiß vor Pferden.«

»Ja, gibt's des a?« lachte Steffi und ritt an den Zaun heran.

»Ihr scheint überhaupt viel Schiß zu haben«, rief Liesl.

Peter wurde dieses Geplänkel zu dumm.

»Hört zu, ihr Süßen, wir brauchen eure Hilfe. Einer von

euren Ausfahrern hat rumgetratscht, daß der Geschiedene von Frau Anders –«

»– im Knast sitzt«, vollendete Liesl gereizt. »Na und? Ist das unser Problem?«

»Nein. Aber ihr kennt doch die Leute hier. Ihr habt Einfluß. Ihr müßt helfen. Der Hirn hat Frau Anders ins Lager versetzt. Womöglich will er sie noch entlassen.«

»Der spinnt doch«, empörte sich Steffi. »Was kann denn sie dafür?«

»Das finden wir ja auch«, meinte Benedikt.

»Aber warum kommt ihr deshalb zu uns?«

»Weil ihr hier zu den einflußreichsten Familien gehört. Wenn ihr euch vor die Frau Anders stellt – und mal mit dem Hirn sprecht –«

»Wir sind sogar mit ihm verwandt«, sagte Steffi.

»Na bitte.«

Liesl wurde ärgerlich. »Was heißt ›na bitte‹? Wie kommen wir dazu, uns vor Frau Anders zu stellen, wenn ihr Mann krumme Sachen macht?«

Peter war jetzt auch wütend. »Ja, wie kommt ihr dazu, mal etwas für andere zu tun?«

»Peter«, versuchte Steffi einzurenken, »Liesl hat's nicht so gemeint.«

»Ich weiß schon, wie sie's gemeint hat. Tut mir leid, daß wir überhaupt vorbeigekommen sind. Servus –«

Er ging zum Auto zurück und stieg ein. Benedikt folgte ihm kopfschüttelnd. »Mir sagst du, ich soll ja lächeln, weil wir was von ihnen wollen. Und was tust du? Pöbelst rum! Was nun?«

»Fahr zur Zwicknagel!«

Mittwoch nachmittag hatte die Metzgerei geschlossen. Frau Zwicknagel wischte mit ihren Söhnen den Laden, als Peter und Benedikt gegen die Türscheibe klopften.

Sie schloß ihnen auf. »Was gibt's denn? Hat das Hundefutter nicht gereicht?«

»Dankedanke, davon werden zwei Bernhardiner satt«, sagte Benedikt, »wir kommen aus einem anderen Grund.«

Frau Zwicknagel befahl ihren Söhnen, den Laden fertig zu wischen, und zog sich mit Benedikt und Peter zurück.

»Was mögen die wohl von der Mutter wollen?« überlegte Fonsä besorgt. »Glaubst du, wegen Billy se Kind?«

»Ich mein, wir sollten ihn fortschaffen, zum Schmalzlerhof, ich hab schon Ärger genug«, sagte Loisl.

»Da müssen wir erst die andern fragen, weil er ist unser aller Gefangener.«

Sie stellten das Putzen ein und rannten hinüber zu Andi Anders.

»Loisl meint, wir sollten den Billy zurückschaffen, wegen er gehört der halben Braut vom Lehrer. Was meinst du? Du bist der Sheriff!«

Du bist der Sheriff, hatten sie gesagt. Nichts konnte Andis geknicktes Selbstgefühl schneller aufrichten als das Glück, noch immer von ihnen als Sheriff angesehen zu werden.

»Wir schenken Billy die Freiheit, das sind wir dem Melchior schuldig«, war sein Beschluß. »Und weil er seiner halben Braut gehört.«

»Warum ist sie bloß die halbe Braut vom Lehrer?« wollte Loisl wissen.

»Weil sie auch die Braut vom Architekten ist.«

Loisl sah seinen Bruder ungläubig an. »Und das geht?«

150

Währenddessen saßen Benedikt und Peter bei Frau Zwickna-gel in der Laube und packten ihr Anliegen aus.

»Ja das ist doch –!« empörte sie sich. »Ja, da geh ich doch gleich zum Hirn! Dem werde ich was verzählen! – Wie spät haben wir es denn?« Sie sah auf die Uhr. »Jetzt wird er noch im Kaufhaus sein.«

Die Seitentür war offen.

Herr Hirn rollte umständlich ein paar Stoffballen auf und verstaute sie im Regal, als die drei hereinströmten.

»No, packst es?« höhnte die Zwicknagel angriffslustig. »Das kommt davon, wenn man seine beste Verkäuferin ins Lager schickt!«

»Ja mei – weißt –« Er wurde verlegen. »Es könnt sein, daß die Kunden Anstoß nehmen, weil daß ihr Mann einsitzen tut.«

Das brachte sie noch mehr auf.

»Unsere Kunden solln fei still sein. Die haben alle ihr Ge-rippe im Schrank. Du weißt das am besten, Anton. Du doch auch. Denk nur an die Geschichte mit der Resi.«

»Hannerl, ich bitt dich!« rief er beschwörend. Sie waren schließlich nicht allein. Peter und Benedikt hörten aufmerk-sam zu.

»Übrigens – mein Bruder in Cham sucht dringend eine gute, zuverlässige Verkäuferin. Der nimmt die Anders mit Kußhand. Und zahlt mehr als du. Und stellt ihr noch eine Wohnung auch«, trumpfte Frau Zwicknagel auf, ohne besagten Bruder vorher gefragt zu haben.

Anton Hirn fühlte sich in die Enge getrieben. Besorgt und ein wenig hilfesuchend blickte er auf Peter und Benedikt. »Wer sagt denn, daß ich die Anders entlassen tu?«

»Wer sagt, daß sie bei dir bleiben wird, wenn du sie ins

Lager steckst!?« Frau Zwicknagel wandte sich abrupt zum Gehen. Das gehörte zu ihrer Taktik. »Servus, Anton. Pfüet di.« Und zu ihren Begleitern: »Kommts, ihr zwei.«

Vorm Metzgerladen verabschiedeten sie sich.

»Dem hab ich's geben. Wetten, daß die Anders morgen wieder im Kaufhaus bedient?«

Frau Zwicknagel war zufrieden mit sich. Peter und Benedikt hätten sie am liebsten umarmt.

Fonsä, Loisl und Andi hatten einen klapprigen Leiterwagen aufgetrieben. Mit dem eierten sie zum Hieblerhof, wo ihr Spezi Bertl, auf einer Kiste vorm Heuschober hockend, Billy the Kid bewachte. Auf Bertl war Verlaß. Im Schuppen fanden sie einen alten Jutesack, den wollten sie Billy über den Kopf stülpen, damit ihn keiner erkannte.

Zuerst einmal zerrten sie ihn aus seinem Versteck hervor. Mehrere Ballen stürzten nach, lösten sich auf.

»Bloß raus hier.«

Beim Verladen stellte sich heraus, daß der Leiterwagen zu klein für Billy Mallersdorf war. Er ragte überall drüber.

»Kann man ihm nicht die Haxen unter den Arsch knicken?« überlegte Bertl. »Das spart Platz.«

»Und wenn sie nachher ab sind?«

Das Risiko war zu groß. Sie brauchten einen zweiten Sack für seine Beine.

Nun sah er obenherum aus wie einer, den man zum Schafott führt, und unten wie ein Sackhüpfer.

Auf Schleichwegen karrten sie Richtung Schmalzlerhof. John Fonsä Wayne und Sheriff Andi zogen, die beiden andern gingen hinterher und hielten ihren begnadigten Gefangenen fest, damit er nicht herunterfiel.

Sobald sie von weitem einen Erwachsenen auf dem Traktor sahen oder einen über Furchen und Steine balancierenden Radfahrer, luden sie ihn ab und warfen ihn hinters nächste Gebüsch oder in die hochblühenden Wiesen. Ein Glück, daß sie noch nicht gemäht waren.

Lerchenzwitschern, Blätterrauschen, das rhythmische Quietschen und Knarren des Leiterwagens und ihre friedlichen, halblauten Jungenstimmen ...

»Was glaubst, wie lang dein Vater sitzen muß, Andi?«

Abwehrendes »Weiß nicht«.

»Ob dein Vater was von dem Geld abgekriegt hat, das wo sie geraubt haben? Was meinst?«

»Will ich gar nicht wissen!«

»Mir schon«, sagte Fonsä. »Aber viel kann's nicht sein – wo er doch nur indirekt beteiligt war.«

»Halt – stop«, rief Loisl von rückwärts. »Da ist was mit dem Hinterradl.«

Sie hielten an und schauten nach. Es war sozusagen ab.

Während sie die Karre reparierten, ging über den sanften bewaldeten Höhenzügen die Sonne unter.

Dann kam das Ende durch den Wald – rauf und runter. Da ging das Rad wieder ab. Sie ließen den Wagen stehen und trugen von nun an Billy the Kid. Sie trugen ihn wie einen Besoffenen – einer griff ihm unter die Arme, zwei andere hatten je ein Bein. Und dabei immer die Angst, es könnte ihnen einer begegnen und dumme Fragen stellen.

Der Fußweg vom Hiebler- zum Schmalzlerhof dauerte im allgemeinen eine gute halbe Stunde. Für den Schleichweg mit einem unhandlichen Gefangenen und einem altersschwachen Leiterwagen hatten sie inklusive Reparatur anderthalb Stunden gebraucht.

Sie robbten sich von hinten an das Gehöft heran, zogen

die Säcke von ihrem Opfer und stellten es gegen die Stallwand.

»Billy se Kind – wir geben dir hiermit die Freiheit zurück!«

Dann schlichen sie zum geöffneten Küchenfenster. Wo sie schon einmal hier waren, wollten sie wenigstens sehen, wie der Lehrer und der Architekt mit der gemeinsamen Braut lebten.

Die beiden Männer saßen am Tisch, auf dem eine Lampe brannte. Der Lehrer popelte an der Nase – das hätten sie nicht von ihm gedacht. Die Braut trug das Essen auf.

»Das riecht wie gestern«, schnüffelte Peter.

»O nein, gestern war es Fiaker-Gulasch, heute ist es ungarisches.«

»Aha«, sagte Benedikt.

Peter sah in die Schüssel. »Und was ist es wirklich?«

»Das Hundefutter, das euch Frau Zwicknagel eingepackt hat. Es war soviel. Ich kann es doch nicht verkommen lassen.«

»Mei, san die arm«, flüsterte Fonsä erschüttert. »Die fressen Hundsfutter.«

Dann hörten sie Lumpi knurren.

»Da ist wer«, sagte Karlchen und ließ ihn hinaus. Die Buben stolperten wild in die Dämmerung hinein, gefolgt vom kläffenden Dackel. Weil er aber so fett war und so feige, gab er die Verfolgung bereits am Waldrand auf und trabte zum Haus zurück.

Jetzt stand den vier Westernhelden noch die Heimkehr bevor.

Keiner hatte gesagt, daß er erst gegen neun Uhr zurückkommen würde.

»Du hast's gut, Andi. Dein Vater muß einsitzen. Auf dich wartet nur deine Mutter. Aber auf uns –!« Fonsä wechselte

154

mit seinem Bruder einen schwerwiegenden Blick. Auch Bertl Hiebler sah väterliche Brutalitäten voraus.

So geschah etwas, womit Andi Anders nicht mal in seinen kühnsten Träumen gerechnet hatte: Seine drei besten Freunde wünschten sich an diesem Abend, daß ihre Väter auch einsitzen müßten.

Als Karlchen vorm Schlafengehen noch mal den Hund herausließ, entdeckte sie Herrn Müller-Mallersdorf – zerrupft, zerzaust, mit abgestoßener Nase.

»Der sieht ja aus wie'n Penner«, sagte Peter, als er ihn hereintrug. »Wo der wohl war!«

»Auf alle Fälle im Heu«, sagte Karlchen und holte eine Kleiderbürste.

»Schade daß er nichts erzählen kann.«

Dank Frau Zwicknagels resolutem Eingreifen arbeitete Frau Anders wieder als Verkäuferin. Und wehe, es wagte eine im Metzgerladen den Regensburger Bankraub auch nur zu erwähnen, dann gab es Zunder über den Ladentisch. Und zähes Fleisch.

Frau Zwicknagel hatte das Sagen im Ort. Gerade die Frau vom Bürgermeister ließ sie noch ausreden.

Sie war nicht nur eine resolute, sondern auch eine sehr appetitliche, resche Person und warmherzig. Benedikt war nicht nur in ihren Schweinsbraten verliebt.

Und Peter hatte nach der Anders-Geschichte zum erstenmal ein Zugehörigkeitsgefühl zu diesem Ort, in den er nicht freiwillig gekommen war. Er hatte aktiv in seinen Tagesablauf eingreifen können, hatte Erfolg gehabt – und kam nun nicht mehr nur in den Nebeler »Klatschspalten« vor ... Man grüßte ihn plötzlich ganz anders auf der Straße. Viele grüßten ihn sogar zuerst. Er wußte, wem er das zu verdanken hatte.

Peter wurde zusammen mit 250 Gramm Vorderschinken als »endlich mal ein guter Lehrer, unser neuer Lehrer« über den Ladentisch verkauft.

13

Benedikt hatte den Entwurf für die neue Schule fertiggestellt. Nicht nur die Pläne dafür, auch das Modell. Peter hatte ihm dabei zugesehen.

Es war erstaunlich, was für handwerkliche Fähigkeiten in dem Berliner steckten, wenn er nur wollte. Zuletzt hatte Benedikt seinen Badeschwamm zerfleddert, grün angestrichen und das Schulterrain mit kleinen Büschen bepflanzt.

Danach lud er Karlchen und Peter zu einer Besichtigung ein.

»Ich habe versucht, den ganzen Komplex durch verschieden große und verschiedenförmige einzelne Baukörper aufzulösen und zu gliedern.«

Ihren das Schulmodell durchwandernden Blicken hatte sich eine Stubenfliege angeschlossen.

»Sind die Treppengeländer breit genug zum Rutschen?« wollte Karlchen wissen.

»Hast du auch nicht die gläsernen Fensterfronten nach Süden vergessen, unter denen man wie ein Brummer unterm Brennglas schmort?« erkundigte sich Peter.

»Und wo soll Gumpi wohnen?«

»Hier. Mit Nachmittagssonne und eigenem Ausgang.«

»Wenn diese Schule gebaut ist, bin ich längst nicht mehr hier«, sagte Peter.

Sie schlugen das Modell vorsichtig in eine Rolle Packpapier ein, ehe sie es in den Laderaum des Kombis stellten.

»Schade, daß es schon weg muß. Hätte man so schön mit spielen können«, bedauerte Karlchen, auf einem umgestülpten Futtereimer im Hof sitzend. »Selbst wenn du bloß den zehnten Platz machst, für mich bleibt es das schönste Modell«, versicherte sie Benedikt.

»Nun nimm ihm doch nicht von vornherein die Hoffnung«, ärgerte sich Peter.

»Hast ja recht«, gab sie zu. »Aber ich hab mich nun mal in meinem Leben so sehr daran gewöhnt, daß ein Trostpreis auch ein Preis ist.«

So fuhren die beiden denn das Modell vorsichtig um die Kurven nach Nebel und lieferten es im Landratsamt ab.

Karlchen saß noch eine Weile auf dem Futtereimer, kraulte mechanisch auf dem fetten Bauch ihres Dackels herum, der sich mit abgespreizter Hinterpfote vor ihr ausgestreckt hatte, und war traurig.

Sie konnte Peters letzten Satz beim Verladen des Modells nicht vergessen: »Wenn diese Schule fertig ist, bin ich längst nicht mehr in Nebel.«

Es war alles ein Provisorium hier, für das sie als einzige Heimatgefühle hegte.

Da mochte sie Gardinen nähen und Kissen und ein Puppensofa anschaffen und Geschirr und Hühner und einen Hahn und einen Hund und Radieschen säen und Blumen pflanzen – nichts hatte den Wunsch nach Seßhaftigkeit in den beiden Kerlen angeregt.

In der Küche überm Ausguß mit der einzigen Wasserquelle des Hauses hatte Peter einen Kalender aufgehängt, auf dem er täglich nach dem Rasieren einen Tag abstrich – einen Tag weniger bis zu den großen Ferien. Keine Stunde länger wollte er hier verbringen und erst am letzten Ferientag, Mitte September, zurückkommen. Wer weiß, was nach diesen Ferien

158

sein würde. Vielleicht wurde er in einen anderen Ort versetzt. Vielleicht war auch Benedikt inzwischen schon nicht mehr da.

Sie schlossen das Haus einfach ab und gingen fort ohne Nachgedanken.

Aus den Augen, aus dem Sinn, pflegte Onkel Ernst zu sagen.

Wir sind noch nie miteinander verreist, fiel Karlchen ein. Nicht mal bis nach München.

Wenigstens verreisen wollte sie noch einmal mit den beiden ...

Bei ihrer Rückkehr vom Landratsamt scholl ihnen Musik in voller Lautstärke entgegen.

»Mann, das ist doch die ›Wolga‹?« überlegte Peter.

»Nee, ich glaube, ›Moldau‹. Auf alle Fälle ein Fluß von Smetana.«

»Und warum fließt der so laut?«

»Mußt du Karlchen fragen.«

»Karlchen! – He! – Charlotte!!!«

Sie hörte nichts.

Peter rutschte gleich zum Fenster hinein.

Karlchen saß am Boden, vor sich eine Autokarte. Sie fuhr mit dem Finger eine Linie nach.

Benedikt kam zur Tür herein und stellte die »Moldau« leiser.

Sie sah auf. »Wart ihr schon mal in Prag?«

»Nein«, sagte Benedikt, und Peter: »Auch nicht.«

»Ich fahre gerade mit euch die Moldau herunter.«

»Das muß man ihr lassen, egoistisch ist sie nicht. Sie nimmt uns in Gedanken immer mit.«

Karlchen lauschte verzückt den Schlußtakten der symphonischen Dichtung.

»Gewaltig, nicht? Friert's einen richtig, schaut mal –« Sie mußten die Gänsehaut auf ihrem Arm bewundern. »Und damit ihr's wißt, wir beantragen sofort ein Visum und fahren ein Wochenende zusammen nach Prag. Haben wir etwas, worauf wir uns freuen können!«

14

Karlchen in einem Geschenkartikelgeschäft in der Münchner Innenstadt. Die Besitzerin kannte ihr Angebot bereits von früheren Besuchen und ließ sie gar nicht erst auspacken. Sie suchte Ausgefallenes, keine Krüge für salontiroler Bauernstuben.

Um Karlchens empfindsames Seelchen hatte sich inzwischen eine Hornhaut gebildet. Sie ließ sich nicht mehr so leicht kränken wie am Anfang ihrer Verkaufstour. Sie machte sich in großen Läden unauffällig und wartete den Eintritt unentschlossener Kunden ab. Denen schob sie ihre Muster ganz zwanglos unter. Manchmal stiegen sie darauf ein, meistens klappte es nicht.

An diesem Morgen hatte sie Glück. Die Kundin, die ein Geschenk suchte, das nicht zu teuer sein sollte, aber mal was anderes, wie sie sagte, stolperte über eine abgestellte Tasche und fiel in Karlchens hilfreiche Arme. Zum Dank dafür warf sie einen Blick auf einen gerade ausgepackten Ludwig-Becher.

»Hübsch, nicht wahr? Alles handgemalt, von Eduard Lauterbach, einem Künstler.«

»Lauterbach? Nie gehört.«

»Er ist ein Zwerg«, sagte Karlchen.

»Ein richtiger Zwerg?« Die Kundin nahm den Becher in die Hand. »Ist das auch wirklich wahr?«

Jetzt zeigte sich auch die Ladenbesitzerin interessiert. König-Ludwig-Becher, von einem Zwerg gemalt, das fand sie originell und nahm Karlchen zwei Dutzend ab.

Von nun an schämte sich Karlchen mehrmals am Tage ihrem alten Freund Lauterbach gegenüber, weil sie seinen Zwergenwuchs als Verkaufsförderung benutzte. Mancher Ladenbesitzer stellte sogar ein Schild in die Auslage: »Handgemalte und signierte König-Ludwig-Becher von dem bekannten Künstler und Zwerg Eduard Lauterbach.« Sie gingen weg wie warme Semmeln.

Jede Woche zweimal gab Karlchen telefonisch ihre Bestellungen durch. Lauterbach kam kaum noch nach, so groß war die Anfrage. Er hatte sein Programm um Richard Wagner und Karl Valentin erweitert.

Bischofskrüge, »Burg Lahnstein« und Rosamundeservice blieben weiter Ladenhüter. Der Kitsch florierte. Der Rubel rollte.

Onkel Ernst kochte. Dieser Lauterbach ließ sich überhaupt nichts mehr von ihm sagen. Zeigte Starallüren. Bei jedem lauten Wort drohte er mit Kündigung – Ernst spürte, daß Marianne im Ernstfall eher auf ihn denn auf den Künstler Lauterbach verzichten würde.

Die fertige Ware wurde per Eilfracht nach München geschickt. Karlchen kam überhaupt nicht mehr nach Montabaur. Vier Tage in der Woche arbeitete sie. Die übrigen verbrachte sie auf dem Schmalzlerhof.

Das Leben war schön.

Am Freitag wollten sie Peter von der Schule abholen und Lumpi ausladen. Er sollte das Wochenende, während sie in Prag waren, bei Gumpi verbringen. Der Hauswart hatte zwar fest versprochen, ihn nicht zu füttern – aber wann's Hunderl so traurig schaut, no, dann wird er ihm wohl a Stickerl geben ...

Wie Karlchen diesen Dackel kannte, begann er mit dem Traurigsein bereits beim Eintritt in die Hausmeisterküche. Und bis Montag früh würden böhmische Knödel, Powideltascherl und Gernknödel das erreicht haben, was sie bisher zu verhindern versucht hatte: Lumpis Bauch kriegte Bodenberührung.

Am Donnerstagnachmittag hatte Karlchen noch gut in Würzburg verkauft, hatte bereits die Autobahn verlassen und befand sich auf krummen Landstraßen Richtung Nebel, als es plötzlich beeindruckend krachte.

Sie ließ den Wagen am Straßenrand ausrollen, stieg aus, um ihn rundum zu besichtigen – es war alles noch dran –, öffnete anschließend die Motorhaube, faßte ziellos hinein und verbrannte sich die Finger.

Ein Lastwagen schleppte sie zur nächsten Reparaturwerkstatt mit Tankstelle.

Der Kombi wurde aufgebockt, Karlchen schaute ihm gespannt unter den Rock und erfuhr, daß die Kardanwelle gebrochen sei.

»Wie lange wird die Reparatur dauern?«

»Heute ist Feierabend, morgen kommen wir nicht dazu, dann ist Wochenende – Material müssen wir auch noch bestellen – fragen Sie mal frühestens am Mittwoch nach.«

»Das ist ja furchtbar! – Wie komme ich denn von hier nach Nebel?«

»Na, mit dem Zug.«

»Und wann geht einer?«

»Da müssen Sie schon am Bahnhof fragen.«

»Wo ist der Bahnhof?«

»Hier am Ort ist keiner. Da müssen Sie erst mit dem Bahnbus fahren.«

»Und wo, bitte, geht der ab?«

»Am Markt.«

»Aha«, sagte Karlchen, »und wie komme ich zum Markt?«

»Der letzte Bus ist vor zehn Minuten gefahren.«

Am Freitag früh stellte Benedikt mit Schrecken fest, daß er einen Busen kriegte. Und auch sein Magen wölbte sich leicht.

»Lumpi, wir sind zu fett. Wir müssen dringend was dagegen tun.«

So brachen sie denn gemeinsam zu einem Waldlauf auf, immer mit Päuschen dazwischen zum Verschnaufen und Stöckchenschmeißen, und als Benedikt eins aufhob und schleudern wollte, spürte er einen heißen Schmerz oberhalb des Steißbeins. Nanunanu –? Er ertastete mit prüfendem Fingerdruck die Quelle seines Wehs und humpelte vorsichtig nach Hause ...

Peter packte gerade seine Tasche fürs Prager Wochenende, als sich Benedikt mit zwei dicken Büchern unterm Arm in die Küche schleppte. Er ließ sich damit sehr, sehr vorsichtig am Tisch nieder, schob das Frühstücksgeschirr beiseite und begann zu blättern.

Es handelte sich um sein Medizinbuch, Band 1 und 2.

Peter: »Jaja, der Arzt im Buch heilt jeden Bruch.«

»Ist gar nicht zum Lachen. Ist hier!« Benedikt zeigte auf die Ischiasgegend. »Beim Laufen fing's an.«

»Wo?«

Er zeigte noch einmal auf seinen Rücken. »Na, hier.«

»Ich meine, wo unterwegs?«

»Wo es rechts zur Chaussee abgeht.«

»Ja, das ist eine verflixte Stelle.«

Benedikt blätterte in Band 1 vor und zurück, las hier ein

Stück und dort einen Absatz. »Es könnte der Ischias sein. Oder aber die Bandscheibe.«

»Oder die Plattfüße«, warf Peter ein.

»Grins nicht. Es ist durchaus möglich, daß man auch davon Rückenschmerzen kriegt.«

Er nahm Band 2 und blätterte darin herum, stutzte plötzlich und klappte das Buch zu.

»So ein Quatsch. Ich hab ja gar keine Plattfüße.«

»Auf alle Fälle würde ich an deiner Stelle heute nur Haferschleim futtern. – Servus.«

In der Tür drehte Peter sich noch einmal um.

»Du kommst doch trotzdem mit nach Prag, oder?«

»Wenn es irgend geht –«

»Notfalls nimmst du dein Rotlicht mit!«

Solche geradezu ordinär-gesunden Typen wie Peter konnten leicht höhnen, die wußten ja nicht, wie weh so was tat.

»Was mich viel mehr besorgt – wir haben nichts von Karlchen gehört«, sagte Peter. »Seit gestern abend ist sie überfällig. Da kann doch nichts passiert sein. Nein, Karlchen passiert nichts«, beruhigte er sich selber. »Also dann bis heute mittag.«

Kaum war Peter vom Hof gefegt, hörte Benedikt den Bichlerschen Traktor nähertuckern. Er fuhr bis vors Küchenfenster.

»Herr Kreuzer, schnell, das Fräulein hat angerufen. In einer Viertelstunde ruft sie wieder an. Wenn S' wollen, können S' mitfahren«, rief die schrille Stimme der Bichlerbäuerin.

Die Vorstellung, einen Traktor zu besteigen, erschien Benedikts Rücken verlockender als der Liegesitz in seinem Sportwagen. Aus dem kam er ja nie wieder hoch.

Kaum hatten sie den Hof erreicht, hörten sie das Telefon läuten. Die Bichlerin sprang ab und rannte zwischen Hühnern, Enten und Katzen ins Haus.

»Sofort, Fräulein«, brüllte sie in den Hörer, »er kommt – er kann nur net so schnell – er hat's ja so im Kreuz – Moment! Da ist er schon!« kommentierte sie Benedikts humpelnde Ankunft.

»Karlchen, hallo? Wo bist du? Wir wollen doch heute fahren! Warum kommst du nicht?«

»Ich hab Pech gehabt. Ich hab schon gestern abend bei Bichlers angerufen, aber da hat sich keiner gemeldet!«

»Ich hab auch so'n Pech gehabt, heute früh«, rief Benedikt zurück. »Stell dir vor, ich lauf mit dem Hund in den Wald ...«

»Benny, ich hab bloß noch 'ne Mark zwanzig.«

»Okay, ich mach's kurz. Also –«

Manchmal brach Karlchen mit einem »Oh« und »Du Armer« in seine Leidensschilderung ein, das Schild »Bitte zahlen« leuchtete in ihrer Zelle auf – »Benny! – ich bin – jaja, ein ABC-Pflaster ist immer gut am Rücken – hör doch mal zu – meine Kardanwelle ist im Eimer – ich komm um –« Aus. Da klickte nichts mehr in der Leitung.

Benedikt wartete einen Augenblick, ob sie noch einmal anrufen würde.

Aber Karlchen rief nicht mehr an. Sie brauchte jeden Groschen für die Fahrkarte nach Nebel.

Karlchen wartete am Bahnhof Nebel auf den Omnibus, als Gumpizek auf seinem Moped vorüberkam.

»No, Freilein, heit mit der Eisenbahn? Und so spät? I denk, Sie wollen nach Prag?«

»Wollen wir auch. Aber meine Kardanwelle ist gebrochen.«

Gumpizek hatte keinen blassen Schimmer, was eine Kardanwelle ist, zeigte sich aber empfänglich für den dramatischen Ton in Karlchens Stimme und rief, die Hände zusammenschlagend: »Jessasmaria! So a Unglick! Ausgerechnet, wenn S' nach Prag wollen.«

Er bot ihr an, sie zum Schmalzlerhof zu bringen.

»Wo soll ich aufsteigen?«

»Wenn meglich, bittschön, erst hinterm Polizeirevier.«

Und dann tuckerten sie los, Karlchen mit gefalteten Händen über seinem Knödelbauch Halt suchend.

Tuckerten aus Nebel heraus in die Landschaft hinein, in helles Grün und Heuduft und kühle Schatten und Vogelzwitschern.

Gumpi krähte gegen den Fahrtwind an: »… warn wir als Kinder oft in Prag. Was die Schwester von meiner Mutter ihr Gatte war, der wo hat g'habt a Stellung beim ›Prager Tagblatt‹. Das war a Zeitung!! So was wie das is leider verstorben.«

»Und Ihr Onkel?«

»Der war Bote von Redaktion. Zwamal hat a mi mitgnommen, hat mir beriehmte Dichter vorgefiehrt – den – und noch einen und noch – aber ich komm schon auf Name, Freilein –«

Als sie den Schmalzlerhof erreichten, befehdeten sich Lehramtsanwärter und arbeitsloser Architekt. Peter schwor, daß er seinen Paß mit Visum auf das Küchenbord gelegt hatte, und jetzt war er weg. Wo ist mein Paß, Benny, wo hast du ihn gelassen? Später fand sich der Paß in Peters Wagen unterm Sitz.

Nun war Benny nicht nur gehbehindert, sondern auch beleidigt ob der falschen Verdächtigung.

Auf alle Fälle war es zu spät, an diesem Tag noch nach Prag zu fahren. »Wenn wir hinkommen, ist es dunkel. Fahren wir lieber morgen ganz früh, sparen wir auch ein Hotelzimmer.«

Sie stellten ihren Wecker auf fünf Uhr.

Als Peter, total verschlafen, in der Küche erschien, kochte bereits das Kaffeewasser. Karlchen kam eben vom Hühnerstall.

»Sag bloß, du hast schon Eier gelegt.«

»Zwei Stück. Die koche ich hart zum Mitnehmen. – Es ist herrlich draußen, Peter. Man sollte jeden Morgen um fünf aufstehen.«

»Nein«, sagte er überzeugt.

Und dann erschien Benedikt, noch etwas lahm, aber reisefertig angezogen.

»Wie geht's dir heute?«

»Etwas besser. Ich kann mich schon bis hier – bücken.«

»Wie weit?« fragte Peter. »Zeig mal.« Benedikt führte es vor.

»Das reicht für Prag.«

Wie jeden Morgen schaute er angeekelt auf das Brot mit Butter, Käse, Marmelade und Salz, das Benedikt für sich zurechtmachte. »Da«, er bappte ihm noch eine Scheibe Salami obendrauf.

Benedikt nahm die Wurst herunter – »Du übertreibst schon wieder –« und hielt sie unter den Tisch. Aber es war kein Hund da. »Komisch, der bettelt gar nicht«, wunderte er sich.

Karlchen schaute sich um. »Lumpi? Wo steckt denn der?«

Sie ging ihn suchen. Und weil sie nicht wiederkam, suchten Peter und Benedikt, die endlich abfahren wollten, das suchende Karlchen.

Ihre Stimme kam aus dem Stall. »Benedikt! Peter! Schnell!!«

Sie hockte vor dem völlig apathisch daliegenden Hund. »Ob er Gift gefressen hat?«

Benedikt kniete sich nieder, um ihn aufzuheben. Er blieb gleich selber unten. Und stöhnte. Peter zog ihn in die Höhe und trug selbst den Hund ins Haus.

Benedikts Medizinbuch lag noch von gestern auf dem Küchentisch. Er schlug Erste Hilfe bei Vergiftung auf und las vor:

»Man muß seinen Magen so schnell wie möglich entleeren. Das ist zu erreichen, indem man den Patienten zum Erbrechen bringt, sofern er bei Bewußtsein ist. Man läßt den Vergifteten mehrere Gläser Seifenwasser trinken oder eine Tasse Wasser, die einen Löffel Senf enthält, oder mehrere Gläser Salzwasser –«

Peter war aufgestanden und suchte das Benötigte. Benedikt, in der linken Hand das Buch, nahm mit der rechten den Hundenapf und stellte ihn auf den Küchentisch. Peter schüttete Wasser und viel Salz hinein. Benedikt suchte den Senf.

»Es ist bloß Weißwurstsenf da.«

»Egal«, sagte Peter. »Senf ist Senf«, kippte noch Waschpulver dazu und rührte mit dem Finger um, lutschte ihn prüfend ab.

»MannohMann! Ist das ein Gesöff! Wenn einer nicht schon vergiftet ist –«

Dann kniete er sich zum Hund, öffnete ihm die Schnauze und goß – alles daneben. Die Küche schwamm.

»Spinnt ihr?« Karlchen schob Peter entnervt beiseite, hob den Hund auf und ging mit ihm zur Tür.

»Wo willst du hin?« fragte Benedikt.

»Zum Tierarzt. Wohin sonst?«

Peter begleitete sie zu Dr. Haubenlerch, der dem Dackel tief ins Maul roch und anschließend fragte, ob er öfter einen zur Brust nähme.

»Wie meinen Sie das?« Karlchen fühlte sich in Lumpis Namen angegriffen.

169

»Der Köter ist stinkbesoffen, mein Fräulein.«

»Aber das ist doch unmöglich –«, sie schnupperte nun selber. »Kann es sein, daß er auch nach Schokolade riecht?«

»Dann weiß ich endlich, wo meine Schachtel mit den Cognac-Kirschen geblieben ist«, sagte Peter.

»Das Beste ist, sie lassen ihn erst mal ausnüchtern«, riet ihnen der Tierarzt, alle drei zur Tür hinausschiebend; denn er war zu einer Kuh gerufen worden, die Schwierigkeiten mit dem Kalben hatte.

Sie luden Lumpi fürs Wochenende bei Gumpi ab und fuhren zum Schmalzlerhof, um Benedikt und ihre Reisetaschen abzuholen.

Schon von weitem sahen sie den roten Alfa Romeo in der Morgensonne leuchten.

»Anna ist gekommen«, rief Peter entzückt. Anna auf dem Rückweg vom Meer.

Karlchen erschrak. »Was will die hier?? Wir wollen nach Prag!«

»Wir fahren ja auch«, beruhigte sie Peter, »aber wo sie den großen Umweg gemacht hat, können wir sie ja nicht gleich wieder rausschmeißen, oder?«

»Wir kommen nie weg, wir kommen nie weg!« jammerte Karlchen.

Benedikt humpelte ihnen entgegen. »Was war mit dem Hund?«

»Ein Karton Cognac-Kirschen, das gibt 'nen Brummschädel!« Er sah sich um. »Wo ist Anna?« Als ob sie auf dieses Stichwort gewartet hätte, erschien sie in der Haustür – bronzebraun, mit güldenen Sandalen, güldenen Kettchen am Knöchel und am Bauch. Ein weißes, nach hinten gebundenes Seidentuch unterstrich noch ihre Mittelmeerbräune. Peter verschlug es den Atem. Karlchen ahnte: Prag war vergessen.

170

Benedikts Arm fing Karlchens Schulter ein, so schob er sie auf Anna zu. »Das ist unser Karlchen!«

Sie versetzte ihm einen Tritt, und als er sie fragend anschaute: »Sag Charlotte.«

»Charlotte Müller, genannt Karlchen«, verbesserte er sich.

»Guten Tag.« Eine kühle dünne Hand und ein interessiertes Mustern begegneten ihr.

Sie musterte zurück und faßte sich schließlich unbehaglich an den Kopf. »Ich bin nicht zum Haarewaschen gekommen.«

»Ich auch nicht«, sagte Anna heiter.

»Sie bleiben diesmal hoffentlich länger hier?«

Nun trat Karlchen auch an Peters Wadenbein, so stark, daß er kurzfristig die Balance verlor. Wie konnte er nur solche Frage stellen!

»Bis morgen mittag, wenn es euch recht ist.«

»Aber natürlich, Anna, es ist toll, daß Sie da sind.«

»Geht nicht«, sagte Karlchen. Alle drei sahen sie erstaunt an. »Das heißt, Sie können gern allein hier bleiben. Wir drei jedenfalls fahren jetzt nach Prag. Wir sind eh schon spät dran.«

Benedikt nickte dazu.

Peter hatte gar nicht hingehört. Er schaute Anna hingerissen an. »Sie sind irre braun.«

»Danke«, lächelte sie zurück. »Wie lange wollt ihr denn nach Prag?«

»Na – jetzt hin und morgen abend zurück.«

»Es reicht auch noch, wenn wir morgen früh starten«, meinte Peter.

»Prag ist doch keine Kaffeefahrt!« rief Karlchen erbost.

»Da muß ich ihr recht geben. Anderthalb oder gar ein Tag ist viel zu wenig für diese herrliche Stadt. Außerdem soll's Regen geben«, sagte Anna. »Da fahrt doch lieber an einem anderen Wochenende.« Altes Aas, dachte Karlchen und hör-

171

te zu ihrer großen Verblüffung, wie nun auch Benedikt ihrer Reise in den Rücken fiel.

»Ja, vielleicht hat Anna recht. Vielleicht sollten wir wirklich die Fahrt verschieben. Was meint ihr?«

Karlchen äußerte ihre Meinung, indem sie ins Haus ging und die Tür hinter sich zuschlug.

»Jetzt ist sie eingeschnappt – ich meine die Tür«, lächelte Anna dazu.

»Ich schau mal.« Peter ging ihr nach.

»Das ist also Karlchen.«

Benedikt gab ihr Feuer für ihre Zigarette.

»Ja, das ist unser Karlchen.«

»Reizend! Sie hat so was Gesundes. Schläfst du mit ihr?«

»Nein. Und Peter auch nicht, falls es dich interessiert.«

»Was für'n drolliges Verhältnis! In Berlin wäre dir das nie passiert, Benny. Oder muß ich jetzt St. Benedikt zu dir sagen? St. Benedikt der Platonische.«

»Zu unseren Berliner Freunden hätten die beiden auch gar nicht gepaßt, und heute weiß ich nicht, ob ich selbst noch zu unserer alten Clique passen möchte.«

»Ach, das ist doch bloß Trotzgerede, du machst dir selber was vor! Komm nach Berlin zurück, ich besorg dir'n Job. Ich kenne ja genügend Leute.«

»Wie schön für dich! Wenn du was für mich tun willst, dann drück mir die Daumen, daß ich 'nen Preis im hiesigen Architektenwettbewerb gewinne.«

»Du könntest wirklich ein bißchen netter zu Anna sein«, sagte Peter zu Karlchen, die verbittert im Herdfeuer herumstocherte. »Sie hat dir nichts getan.«

»Doch. Was der gebrochenen Kardanwelle und Bennys Rük-

ken und deinem verlorenen Paß und Lumpis Suff nicht ge-
lungen ist, das hat sie geschafft. Sie hat unsere Reise nach
Prag verhindert. Und ich hab mich so drauf gefreut. Wenn
ich mich schon mal auf was richtig freue!«

»Wir fahren ja nach Prag – bloß eben nicht dieses Wochenende. Na und? Ist das so schlimm?«

»Ja.« Sie stopfte ein paar Scheite auf die Glut, schloß die
Feuerstelle mit Eisenringen und setzte den Wasserkessel drauf.
»Was macht Anna eigentlich – beruflich, meine ich?«

»Sie ist Schaufensterdekorateurin – so eine auf Socken,
mit dem Mund voll Nadeln –, aber sie ist keine x-beliebige,
sondern ein Star auf ihrem Gebiet«, erzählte Peter, was er
von Benedikt wußte. Und da Anna gerade mit ihm ins Haus
kam, machte er ihr den Vorschlag: »Wenn Sie mal was Kera-
misches zum Dekorieren brauchen, Anna, die Firma Müller
aus Montabaur töpfert Ihnen jeden noch so ausgefallenen
Wunsch, nicht wahr, Karlchen?«

»Nein.« Sie wollte noch sagen, daß sie sich ihre Kunden
selber aussuchen würden, aber Peter schleppte bereits einen
Karton mit Ludwig-Bechern aus der angrenzenden Kammer
herbei, wo Karlchen ein kleines Depot eingerichtet hatte.
»Schaun Sie sich die an – sind die nicht herrlich?«

Anna betrachtete sie lange. »Saukomisch. Manche schielen sogar. Das wär mal was für ein naives Fenster. Haben Sie
nur Ludwigs?«

»Inzwischen ist auch Richard Wagner in Serie gegangen«,
wußte Benedikt von Karlchen.

»Na fabelhaft. Ich brauche unbedingt die Adresse der Firma. Die sollen mir Ludwigs und Richards mit Silberblick liefern«, beschloß Anna.

Armer Lauterbach, dachte Karlchen, so wird deine Kunst
verarscht.

173

Es gelang Anna noch mehrmals an diesem Tage, sie zu verärgern. Zum Beispiel kochte sie selbst das Abendessen mit Gemüsen und Kräutern, die sie vor ihrer Abreise auf einem italienischen Markt gekauft hatte. Käse und Rotwein stammten auch aus Italien.

Die Männer futterten stöhnend vor Behagen, von Nebels und Karlchens Küche nicht gerade verwöhnt. Dieser war bei soviel Lobhudelei der Appetit vergangen, was bei Karlchens Appetit etwas heißen wollte.

Als später die Verbrüderung zwischen Peter und Anna stattfand und sie befürchten mußte, daß auch sie mit einbezogen würde, stand sie rasch auf und erklärte, sie müßte zu Gumpi fahren und ihren Hund abholen, und ob ihr einer seinen Wagen leihen könnte. Danke. Tschüs.

Weg war sie.

Anna schaute ihr kopfschüttelnd nach. »Und ihr glaubt wirklich, das ist alles so platonisch zwischen euch?«

»Nun fang nicht schon wieder an. Wie oft soll ich dir noch sagen –«

»Okay, Schätzelchen, beruhige dich. Aber dann verstehe ich nicht, warum sie mich am liebsten kratzen und treten würde. Wenn das nicht Eifersucht ist –«

»Kein Wunder, wenn man so ausschaut wie du, so erfolgreich ist und auch noch hervorragend kocht. Das verträgt keine Frau«, sagte Peter.

Aber irgendwie hatte ihnen Karlchens Abgang die Stimmung verdorben. Eine gewisse Spannung war fort.

»Was sie wohl beim Gumpi so lange macht? Sie müßte doch längst wieder hier sein.«

Gegen elf Uhr erschien sie mit ihrem noch immer dösigen, aber halbwegs ausgenüchterten Hund auf dem Hof.

»Ich hab beim Gumpi gegessen. Also so phantastisch habe

174

ich noch nie gegessen. Jetzt geh ich schlafen, gute Nacht.«
Sie nahm sich eine Flasche Mineralwasser mit und verschwand.

Ihr kleines Radio spielte noch lange sehr laut aus ihrer Kammer heraus.

Erstens wollte Karlchen damit schlafstörend an ihre Exi-
stenz erinnern, und zweitens war sie durch die Musik gehin-
dert, selbst zu hören, was sich in den anderen Kammern tat
– ob Anna bei Benedikt oder bei Peter – Karlchen traute Anna
wirklich alles zu. Sie war gekränkt und fühlte sich verdrängt,
ausgebootet, minderwertig.

So dünn sein wie Anna, so bronzebraun statt krebsrot mit
Sommersprossen. So selbstsicher wie Anna, so erfolgsbewußt.
So weltstädtisch.

So begehrt wie Anna. Nicht nur Peter flippte in ihrer Nähe
aus. Selbst Benedikt, der sie nicht mehr zu lieben vorgab,
hatte in der Unterhaltung wie zufällig seine Hand auf ihr Knie
gelegt. (Karlchen sah ja alles!)

Selbst Benedikt ...

15

Am nächsten Morgen deckte Karlchen gar zierlich den Frühstückstisch mit Müller-Keramik, stellte eine Müller-Vase mit
Glockenblumen dazu und an die Marmeladendose einen Zettel: »Guten Morgen. Wartet nicht auf mich. Ich habe schon
gefrühstückt und weiß nicht, wann ich wiederkomme. K.«

Danach brach sie mit Lumpi und festem Schuhwerk zu einem Ausflug auf.

»Sie wird erst wiederkommen, wenn ich fort bin«, sagte
Anna und verbarg nun nicht mehr ihren Ärger. »So ein kleines Biest!«

»Karlchen ist kein Biest, im Gegenteil, sie ist ein Schatz«,
widersprach Benedikt.

»Ein kleiner, biestiger Schatz«, korrigierte sich Anna, einen
Marmeladenklacks von ihrer Bluse wischend. »Nach dem Frühstück fahre ich.«

»Daß ihr Weiber euch nicht vertragen könnt«, schimpfte
Peter.

Auch seinen Überredungskünsten gelang es nicht, Annas
vorzeitige Abreise zu verhindern.

»Wenn ich fort bin, ist hier wieder Ruhe, glaubt mir.«

»Wenn du fort bist, bricht hier wieder der Hinterwald aus.
Bleib noch. Laß uns noch 'n bißchen Glanz in unserer Hütte.«

»Sinnlos, Peter. Besucht mich lieber mal in Berlin. Ihr könnt
beide bei mir wohnen. – Kommt wirklich, hört ihr? Du hast
doch bald große Ferien.«

Oh, Anna verstand es, ihre Abreise als ein Opfer aus Vernunftsgründen hinzustellen. Die Klügere gibt nach.

Somit hatte Karlchen zwar erreicht, was sie wollte – sie mußte Anna nicht mehr begegnen. Aber gesiegt hatte sie nicht, im Gegenteil, sie hatte sich schlecht benommen und ihre Kompetenzen überschritten. Schließlich war sie hier genauso Gast wie Anna Mallersdorf und ohne Rechte auf Benedikt oder auf Peter.

Die beiden behandelten sie noch immer freundlich, aber zurückhaltend – ohne die gewohnte Herzlichkeit. Am besten wäre sie auch abgereist, aber noch war sie ohne Auto. Der Kombi sollte erst am Mittwoch fertig sein, übrigens ein Tag, an dem von vornherein der Wurm drin war.

Zuerst verschliefen alle drei, sie hatten vergessen, ihren Gokkel »aufzuziehen«. Dadurch kam Peter zu spät in die Schule. Ausgerechnet in der ersten Stunde wollte er eine Biologiearbeit schreiben lassen. Den Lärm hörte er schon von weitem.

Christl Schäfer verließ gerade seine Klasse, als er in langen Sprüngen durch den Korridor hetzte.

»Ich hab versucht, sie zu beruhigen – es war hoffnuhgslos. Das ist nun deine brave Sechste.«

»Bei mir schon.«

»Ja, bei dir«, sagte Christl verärgert. »Du eignest dich ganz gut zum Dompteur. Deine Schüler sind so dressiert, daß sie dir parieren und den Rest beißen.«

»Erstens dressiere ich nicht«, widersprach er entschieden, »und zweitens – wer hat dich wo gebissen?«

»Gebissen nicht, aber beschossen haben sie mich mit'm nassen Lappen.«

»Das wundert mich. So kurz vor den Zeugnissen benehmen sie sich sonst ganz entzückend. Der Sommerblühn hat gestern ein Knabe die Tür aufgehalten. Stell dir mal vor!« Er berührte verabschiedend ihre Schulter. »Auf alle Fälle danke, daß du nach ihnen geschaut hast. Bis nachher –«

Der Lärm in der Klasse versiegte in einem enttäuschten »Ooooch« darüber, daß er doch noch gekommen war und die Aufgaben für die Biologiearbeit verteilen ließ. Sie hatten gehofft, daß sie ausfallen würde.

Anschließend war Turnen.

Beim Antreten und Abzählen fehlten Zwicknagel und Hieberl. Ausgerechnet diese beiden, denen man beim ersten Hinsehen einen Reinlichkeitsfimmel am wenigsten zugetraut hätte, waren noch im Waschraum und schrubbten an ihren Armen und Beinen herum.

»Aha«, ahnte Peter, der sie holen kam, »ihr kriegt eure Spickzettel für die Bioarbeit nicht ab. Laßt doch mal sehen –« Er fing Fonsäs Arm ein. Auf seiner Unterseite konnte er noch »Hering – Salzwasserfisch« entziffern.

»Aber in der Klassenarbeit sind sie nicht vorgekommen, Herr Lehrer!« erinnerte Fonsä.

»Dein Glück.« Peter wandte sich Bertl zu, der vorbeugend versicherte: »Ich hab bloß die Lachse auf'm Bein, ich schwör's, Herr Melchior!«

Da sollte nun einer ernst bleiben und den Lehrer heraushängen und hatte es doch früher genauso gemacht. Aber – Peter hatte sich nicht erwischen lassen. Nur fürs Erwischtwerden wurde man bestraft.

Eine feine Moral war das.

»Fonsä, du schreibst mir einen Hausaufsatz über den Hering und Bertl über die Lachse – zwei Seiten lang, bis morgen, verstanden? Und nun raus mit euch –«, scheuchte er sie vor sich her in die Turnhalle.

Am selben Abend korrigierte Peter am großen Küchentisch die Biologiearbeiten. Karlchen hatte den Hund zwischen den Knien und suchte ihn quadratzentimeterweise ab.

»Lumpi hat Flöhe. Die hat er sich von den Igeln geholt.«

»Was für Igel?« fragte Benedikt, der einen Brief schrieb. »Haben wir welche?«

»Bestimmt. Sonst hätte Lumpi ja keine Flöhe.«

Peter haute den Kugelschreiber auf den Tisch. »Mannoh-Mann! Das darf nicht wahr sein!«

»Stören wir dich?«

»Das sowieso. Daran bin ich gewöhnt. Ich meine die Bioarbeit von der Traudi Frischler.« Traudis Vater besaß die größte Apotheke von Nebel. »Mündlich ist sie 'ne glatte Drei. Aber sobald sie eine Klassenarbeit schreibt, setzt was aus bei ihr. Ich versteh das nicht.«

»Wie ist denn die Traudi so?« fragte Karlchen.

»Maßlos empfindlich. Ein lautes Wort – schon kullern ihr die Tränen. Richtige Heulsuse.«

»Das muß doch einen Grund haben. Vielleicht lebt sie in der Furcht des Herrn?«

»Wieso? Ich tu ihr nichts.«

»Aber vielleicht der von der Apotheke, was ihr Papa ist«, überlegte Benedikt.

»Es gibt Kinder, die sind bei Klassenarbeiten so verstört, daß sie eine Fünf schreiben, obgleich sie den Stoff beherrschen«, sagte Karlchen. »Du darfst Traudi keine Fünf geben, Peter, das verkraftet sie nicht.«

Er sah sie gereizt an. »Du machst mir Spaß! Ich soll ihre total verhauene Klassenarbeit besser benoten als die der andern, bloß weil sie empfindsamer ist und leichter losheult?«

»Du kennst ja nicht die Gründe, weshalb sie so verstört ist. Vielleicht machen sie ihre Eltern fertig, wenn sie mit 'ner schlechten Note nach Hause kommt. Vielleicht steht sie unter Erfolgszwang.«

»Im Grunde hat sie eine Sechs verdient. Sie soll froh sein, wenn ich ihr 'ne Fünf gebe.«

Er schrieb die Note unter Traudis Arbeit, dazu das Datum und sein Autogramm.

»Du mußt ja wissen, was du tust«, sagte Karlchen, als er das Heft zu- und ein nächstes aufklappte. »Von Psychologie verstehst du jedenfalls so viel wie die Kuh vom Donnern.«

»Aber du verstehst was davon«, konterte er mit sich steigerndem Zorn. »Das hat man gemerkt, wie Anna da war. Da hast du dich benommen wie eine dumme, gekränkte –« Er wollte Pute sagen, schluckte es aber lieber herunter. »Hör mir mal gut zu, Charlotte Müller! Du bist ein liebes Mädchen, und wir sind dir sehr dankbar – für alles, was du für uns getan hast. Aber seit einiger Zeit fängst du an, dich in unsere ureigensten Angelegenheiten einzumischen. Du tust so, als ob wir dein Eigentum wären, und dagegen bin ich allergisch!«

»Komm, Peter, mach's 'ne Nummer kleiner, Karlchen meint es nicht so«, versuchte Benedikt zu vermitteln.

»Laß ihn nur«, winkte sie ab und erhob sich. »Ich weiß schon, wie er's meint. Ich gehe euch auf den Wecker. Überhaupt ist alles so verfahren mit uns ...«

Sie stand auf.

Peter – über seinen Heften – antwortete nicht.

»Wo willst du hin?« fragte Benedikt.

»Ich geh schlafen. Nacht.«

»Ohne Buttermilch?«

»Danke. Heut mag ich nicht. Lumpi, komm –« Sie verließ die Küche.

»Schlaf schön«, sagte Benedikt hinter ihr her.

180

Peter meinte: »Endlich ist Ruhe ...«, und warnend über den Tisch: »Fang du jetzt bloß nicht auch noch Streit an!!«

Peter wurde am nächsten Morgen durch das Geräusch eines abfahrenden Wagens geweckt. Er brauchte einen Augenblick, um zu begreifen, dann sprang er aus dem Bett und riß das Fenster auf.

Der Kombi rumpelte die furchige Ausfahrt hinunter und verschwand zwischen den Bäumen, da wo der Weg in die Kurve ging. Peter lief hinüber in ihre Kammer. Sie war aufgeräumt, das Bett abgezogen, all ihre persönlichen Sachen hatte sie mitgenommen.

Er rüttelte Benedikt aus dem Schlaf.

»Karlchen ist fort.«

Benedikt setzte sich im Bett auf und wischte seine Augen, um Peter mit unverschleiertem Vorwurf betrachten zu können. »Wunderst du dich darüber nach gestern abend?«

Peter ging in die Küche und schaute sich dort um. Ihr Becher mit der Aufschrift »Für Karlchen« war fort. Nicht mal Frühstück hatte sie vorbereitet, das tat sie sonst immer, bevor sie morgens auf Tournee ging.

»Wie spät ist es eigentlich?« fragte Benedikt, der ihm nachgekommen war. »Erst sechs? Wer so früh fährt, meint es ernst.«

Der Hund fiel ihm ein – »Lumpi!!!« –, aber auch sein Wassernapf war nicht mehr da.

»Lumpi hat sie mitgenommen.« Benedikt angelte sich in seinen Morgenrock und ging auf den Hof hinaus.

Auf der Bank vorm Haus saß Müller-Mallersdorf, neben sich eine Plastiktüte. An seiner Brust heftete ein Zettel:

»Liebe Zwei,

ich gehe lieber, bevor Ihr mich nicht mehr leiden mögt.

181

Alles hat seine Zeit, und unsere ist wohl vorüber. Ich werde diese Monate mit Euch nie vergessen. Lumpi war auch gern hier. Paßt gut auf Euch auf und findet endlich die richtigen Mädchen. Ich werde Euch bestimmt nicht mehr dabei stören. Den Hund nehme ich mit. Herrn Müller-Mallersdorf lasse ich hier. In der Tüte ist Wäsche für ihn zum Wechseln und sein Sonntagshemd. Machts gut, Ihr Zwei – Euer Karlchen.«

Peter nahm Herrn Müller-Mallersdorf den Zettel ab und las ihn nun selbst noch einmal.

»Na ja«, sagte er, »Reisende soll man nicht aufhalten. Ist vielleicht auch besser so.«

Er drehte sich um und ging ins Haus. Benedikt folgte ihm.

»Was? Wieso besser? War doch schön mit Karlchen, oder?«

»Jadoch. Aber kein Zustand auf die Dauer. Überhaupt kein Zustand – so zu dritt. Uns wächst ja langsam ein Heiligenschein.«

Am Montag drauf, so gegen sechs Uhr abends, kam der Bichlersohn herübergeradelt.

»Herr Melchior, Sie möchten sofort in die Schule kommen. Rektor Nachtmann hat angerufen.«

»Ach, du Schande«, sagte Peter und griff nach seinen Autoschlüsseln, »wenn der selber anruft, dann ist die Kacke am Dampfen.«

Er fuhr, so schnell er konnte, zur Schule und parkte im leeren Hof. Aus den geöffneten Fenstern der Aula hörte er eine Mädchenstimme deklamieren:

»Der Retter naht, er rüstet sich zum Kampf.

Vor Orleans soll das Glück des Feindes scheitern.

Seine Maß ist voll, er ist –«

»Mehr Betonung auf ›Maß ist voll‹!« rief Frau Sommerblühn

182

dazwischen, »und es heißt nicht seine Maß, sondern sein Maß, wann begreifst du das endlich?«

Zu Weihnachten und vor Beginn der großen Ferien pflegte sie ein Theaterstück einzuüben. Das hatte für Schüler, die mitmimten, den Vorteil, daß sie von einigen Unterrichtsstunden und Hausaufgaben befreit wurden und mit besseren Noten in den Fächern rechnen konnten, in denen Frau Sommerblühn unterrichtete. Andererseits fanden zweimal pro Woche am Nachmittag Proben statt, das hatte keiner gern.

Hausmeister Gumpizek fegte wie immer, wenn er befürchtete, daß ihm etwas entgehen könnte, vorm Eingang herum. Er schien Peter geradezu erwartet zu haben.

»Sin scho alle in Rektorat, Herr Frischler auch.«

»Frischler? Wieso denn der?«

»Is wegen seine Traudi. Is nich zu Hause gekommen nach Schule. Was bedeitet, is verschwunden seit ieber sieben Stunden.«

Peter ließ Gumpi stehen und rannte im Laufschritt die Treppe hinauf. In Nachtmanns Zimmer saßen Frischler, Christl Schäfer und Oberlehrer Schlicht.

Nachtmann ging auf und ab und erklärte die Lage.

»Die hiesige Polizei ist alarmiert, auch die Reviere der umliegenden Ortschaften. – Ach, Herr Melchior, gut, daß Sie kommen.«

»Ich habe schon von Gumpizek gehört.«

»Traudi hält sich nie auf, sie geht immer sofort heim nach der Schule. Vielleicht ist sie entführt worden!«

»Sie hatte die letzte Stunde Biologie bei Ihnen, Herr Melchior«, erinnerte Rektor Nachtmann. »Ist Ihnen da nichts an ihr aufgefallen?«

»Ich habe die Arbeiten zurückgegeben. Traudi war unglücklich – sie hatte eine Fünf.« Peter war plötzlich mulmig zumute.

»Eine Fünf! Das ist ja unerhört!« fuhr Frischler aus seiner Rolle des besorgten Vaters und war nur noch ein in seiner Eitelkeit gekränkter, von seinem Kind enttäuschter Apotheker. »Das ist bereits die dritte Fünf im letzten halben Jahr! Aber ich sag es ja, das Mädel ist faul – sie hat zuviel Ablenkung im Kopf –«

»– und zuviel Angst vor Ihnen, was ich inzwischen begreife, Herr Frischler«, fuhr Peter dazwischen. »Aber leider habe ich das zu spät erkannt. Ich mache mir große Vorwürfe.«

»Wie ist die Arbeit im allgemeinen ausgefallen?« wollte Frischler wissen.

»Nicht gut. Eine Sechs und drei Fünfer – nur zwei Zweier.«

»Was hat denn das alles mit Traudis Verschwinden zu tun?« rief Christl Schäfer ungeduldig dazwischen.

»Indirekt schon. Der Sechser und die beiden anderen Fünfer haben sich nach Haus getraut, Traudi nicht.«

»Vielleicht bist du wirklich zu streng mit dem Mädel, Walter«, sagte Schlicht.

»Was heißt streng? Ich kann nicht jede Schlamperei durchgehen lassen, wo kämen wir denn da hin?« wehrte sich Frischler. »Schließlich soll sie mal die Apotheke erben. Schlimm genug, daß sie die Oberschule nicht geschafft hat.«

Er sah Peter gezielt an. »Vielleicht liegt es auch an Ihrem Unterricht, daß sie so schlechte Noten kriegt.«

»Oder an Ihrem falschen Ehrgeiz, mit dem sie das Mädchen überfordern«, konterte er.

Christl Schäfer legte sich die Hände auf die Ohren.

»Ich kann's nicht mehr hören! Das Kind schwebt vielleicht in Lebensgefahr, und hier streiten sich erwachsene Männer wie Marktweiber.« Sie lief aus dem Zimmer.

»Recht hat sie«, sagte Peter hinter ihr her.

Gumpi machte Feierabend. Er stellte in seiner Hausmeisterwohnung den Fernseher an und schaute in den Kühlschrank:
Nicht ein Bier. Vielleicht hatte er noch welche im Keller?

Auf dem Wege dorthin kam er an der Aula vorbei und hörte
die Theatergruppe proben. Er öffnete vorsichtig die Tür.

Ganz vorn in der ersten Stuhlreihe vor der Bühne saß Frau
Sommerblühn, vollbusig und gewichtig, das Textbuch in der
Hand. Vor ihr auf dem Podium unterstrich das Mädchen, das
die Johanna spielte, jedes Wort mit einer wedelnden Geste.

»Lebt wohl, ihr Berge, ihr geliebten Triften,
ihr traulich stillen Täler, lebet wohl!
Johanna wird nun nicht mehr auf euch wandeln,
Johanna sagt euch ewig Lebewohl.«

Frau Sommerblühn schaute sich um.

»Die Hirtenflöte! – Manfred! Wo bleibt die Flöte!«

Vom Flur her kam ein Knabe mit einem Schaffell um den
Bauch und einem alten Trachtenhut angerannt. Bereits im
Laufen blies er »Wem Gott will rechte Gunst erweisen ...«

Gumpi war tief beeindruckt.

»Frau Sommerblühn«, rief Johanna von Orleans, »können
wir nicht morgen weitermachen? Es ist schon so spät!«

»Ach Gott, ja, Kinder! Freilich! Im Theater vergeß ich immer Zeit und Raum.« Sie klatschte in die Hände. »Schluß für
heute!«

Im Nu waren die jungen Akteure zur Tür hinausgestolpert.
Frau Sommerblühn packte Notizen und Textbuch in ihre Mappe und stand ebenfalls auf.

»Werd ich abdrehn Licht«, rief Gumpi von hinten.

»Danke, Herr Gumpizek – bis morgen.« Dann war auch sie
gegangen.

Gumpi suchte im Vorhang den Schlitz, hinter dem in einer
Nische das Brett mit den Lichtschaltern angebracht war. Und

dabei stolperte er über eine kleine, am Boden kauernde Gestalt.

Zuerst sah er nur die Halbschuhe mit Söckchen, beim Heben des Vorhangs kam dann der klägliche Rest zum Vorschein. Verängstigte Augen starrten ihn durch eine Nickelbrille an.

»Ja, Traudi, was machst denn hier?« Er ging vor ihr in die Hocke.

»Ich hör zu.« Sie legte den Finger an den Mund. »Verraten Sie mich nicht.«

»Is keiner mehr da, Trauditschka«, beruhigte er sie, über ihr dünnes, in Affenschaukeln geflochtenes Haar streichend. »Aber große Aufregung in Nebel, weil bist verschwunden. Vielleicht entfiehrt gegen teires Lesegeld – wer weiß –«

»Ich geh nicht mehr heim«, sagte Traudi entschlossen und ohne Heulsusigkeit. »Nie mehr. Ich warte, bis es dunkel ist, dann nehm ich den letzten Zug nach Regensburg.«

»Aber warum willst 'n fort?«

»Sie schelten nur mit mir. Ich mach alles falsch. Ich bin dumm und faul. Sie denken nur an die Apotheke«, sprudelte es aus ihr heraus.

»No, ist gutes Geschäft, Pillen werden immer teirer.«

»Wenn andere Kinder eine Vier schreiben, sind ihre Eltern froh, daß es keine Fünf geworden ist. Wenn ich eine Vier schreibe, darf ich eine Woche lang nicht fernsehen. Auch nicht spielen gehen. Nur arbeiten. Wenn ich eine Fünf schreibe, krieg ich auch noch Prügel dazu. Meine Platte von Elvis Presley haben sie auch kaputtgemacht, weil das entartete Mu-fh-sik-fhfh ...« Jetzt mußte sie doch heulen. »Ich will fort –!«

»Aber wohin denn?«

»Weiß nich –«

Gumpi nahm ihre Hände mit dem nassen Taschentuch. »Schau, Trauditschka, wo ich jung war, bin i a zwamal durchgangen. Amal bis Dirnstein. Und amal in Begleitung. – Schimpft wird ieberall. In der Fremde noch mehr wie daheim – die Nächte sin zum Firchten – das Mitgefiehl hat kurze Beine – und wo man ka Geld hat ... komm.«

Er stand auf und zog sie sanft mit sich hoch. Widerstrebend ließ sie sich von ihm zur Tür führen. »Sie werden dir nichts tun. Sie werden froh sein, daß d' wieder da bist. Auch Eltern und Lehrer haben schlechte Gewissen manchmal. Schad' ihnen gar nichts, daß sich haben Sorgen machen missen und die ganze Stadt weiß!«

Sie verließen die Aula.

»Aber hinterher schimpfen sie wieder«, gab Traudi zu bedenken.

»Macht nix. Mach Ohren zu und schließ ab.«

Er zog sie sanft mit sich den Flur hinunter zum Rektorat.

»Eines Tages lauf ich wirklich davon.«

»Ja, Trauditschka, ja – aber erst mach Schule fertig.«

Sie blieb mißtrauisch stehen. »Wo gehen wir jetzt hin?«

»Zum Herrn Rektor, wo dein Papa ist und dein Lehrer.«

»Kommen Sie mit rein, Gumpi?«

»No – was glaubst?!«

Er klopfte an die Tür, öffnete sie spaltweise. Drinnen saßen Nachtmann, Frischler, Schlicht und Peter.

Gumpi schob sich langsam hinein, machte eine leichte Verbeugung.

Alle sahen ihn erstaunt an.

»Was ist denn?« fragte Nachtmann ärgerlich.

»Wir sind wieder da.«

Gumpi zog Traudi hinter sich ins Zimmer. Sie hielt sich krampfhaft an seiner Hand fest und blickte voller Furcht auf ihren Vater.

Peter ging auf sie zu. »Traudi! Na Gott sei Dank!« Und nahm

sie in den Arm – das sollte er vielleicht öfter tun, um sich zu erinnern, wie zerbrechlich dünn und zart und voller Kanten dieses Mädchen war. Traudi hatte nur ängstliche Augen für ihren Vater.

Der war als einziger sitzen geblieben.

»Wo warst du, Mädel? Du hast hier viel Aufregung verursacht. Entschuldige dich sofort beim Herrn Rektor.«

»Laß nur, Traudi, ist schon gut«, wehrte Nachtmann ab und wandte sich an Gumpi: »Wo haben Sie sie gefunden?«

Traudi und Gumpi wechselten einen langen Blick, dann sagte er anklagend gegen den Apotheker: »In finstern Keller – es war zum Erbarmen. Wär ich nich kommen, hätt sie sich was tan.«

Frischler steckte ihm rasch einen Fünfer zu, das war eh nicht überbezahlt für das Wiederbringen einer verlorenen Tochter. Er verlangte dafür auch noch, daß Gumpi nichts im Ort herumerzählte. Dann war er entlassen.

Apotheker Frischler zog mit seiner Tochter im festen Griff ab. Peter begleitete sie bis zum Schultor.

»Wir unterhalten uns morgen, Traudi.«

Er sah Vater und Tochter nach – unbeugsamer Rücken, Kinderrücken, noch so biegsam ... Zu Hause würde sich nichts ändern. Nicht bei dem Vater.

Als er in sein Auto steigen wollte, rief Gumpi ihn zurück.

In seiner Wohnküche saß bereits Christl Schäfer. »Mechten wir drei a Stamperl brauchen auf den Schreck. Nehmen Platz, bittschen.«

Er holte eine Flasche Sliwowitz aus dem Eisfach und goß ein. »Auf glickliches Wiederfinden. Dem Apotheker wird's a Lehre sein.«

Peter bezweifelte das. »So schnell ändern sich die Menschen nicht. Wenigstens wird er Schiß haben, daß Traudi noch mal etwas unternehmen könnte, was seinem wunderbaren Ruf schadet. Morgen laß ich mir seine Frau kommen. Vielleicht kann man mit der vernünftiger reden.«

»Eltern gibt's«, seufzte Christl Schäfer.

»Wir Lehrer sind auch nicht besser, Christl. Das Schlimme ist eben, daß die meisten, die ihre eigenen und andere Kinder erziehen, noch nicht mal mit sich selber zurande kommen und eigentlich gar keine Befähigung dazu haben, einen jungen Menschen zu leiten. Einen Mechaniker, der an einer komplizierten, kostspieligen Maschine Schaden anrichtet, wechselt man sofort aus ...«

Christl schaute bereits zum viertenmal nach dem Herd, auf dem ein Kessel vor sich hinköchelte und muffelte. Ganz eigentümlicher Geruch.

»Bemmische Kuddlsuppn, Spezialität von Madame Gumpizek selig. Mechten probieren?«

»Gotteswillen –«, wehrten beide ab.

»Freilein Karlchen hat sie gerne meegen. Kuddlsuppn. Svizcova und Powidltatschkerln. Nemmen S' mit a Kasseroll fir sie.«

»Vielen Dank, Gumpi, sie kommt nicht mehr zu uns.«

»So – kommt nich mehr –« Das tat Gumpi offensichtlich leid, aber er fragte nicht nach dem Grund, und Peter wollte auch nicht drüber reden. Karlchen – wie recht hatte sie gehabt mit Traudi Frischler! Er mußte doch noch viel lernen.

»War Sie eigentlich öfter bei Ihnen?«

Gumpi überlegte. »No – finf, sechs Mal werden's g'wesen sein, daß sie bei mir g'sessen is.«

»Wo Karlchen alles war –«, sagte Peter fast zärtlich.

189

16

»Danke.« Benedikt nahm das Einschreiben, das ihm der Briefträger durchs Fenster reichte, unterschrieb den Zettel und gab ihn samt Bleistift zurück.

Danach öffnete er den Brief und raste wenige Minuten später Richtung Nebel, das Autoradio auf voller Lautstärke. Vor der Schule bremste er mit jodelnden Pneus, sprang heraus und lief den überraschten Gumpi beinah über den Haufen.

»Herr Architekt! So stirmisch! Haben S' auch kriegt a gut's Zeignis? Gibt doch heite Zensuren. Letzte Schultag!«

Benedikt schwenkte seinen Brief.

»Erster Preis im Preisausschreiben?« Gumpi packte ihn am Ärmel. »Haben wir gwonnen? Ja? Jessasmaria! Das bedeitet scheene Hausmeisterwohnung! No, muß ich vielmals gratulieren.«

»Sag bloß, du hast den Ersten«, ahnte Peter, der gerade die Treppe herunterkam.

»Ja, stell dir vor.«

»Das ist ja wahnsinnig! MannohMann –!« Er knutschte Benedikt ab wie ein Fußballer den andern nach einem Sieg. »Hätte ich nicht gedacht. Ehrlich nicht. Gratuliere!«

Hintereinander fuhren sie zum Schmalzlerhof zurück.

Peter nahm seine Mappe vom Rücksitz und warf sie durchs offene Küchenfenster. »Sechs Wochen Ferien und 'n ersten

190

Preis! Ich halt's nicht aus!!« In der Küche klirrte und schepperte was. Da war wohl ein Stück Keramik zu Bruch gegangen. Na egal, sie hatten genug davon.

»Was machen wir jetzt? Fahren wir nach Berlin?« überlegte Peter. Berlin –

Benedikt war plötzlich sehr fröhlich, so hatte Peter ihn noch nie erlebt. »Ich muß Anna anrufen, daß wir kommen. Die wird Augen machen, wenn sie von meinem Ersten hört.« Als Sieger kehrte er gerne in seine Heimat zurück. »Du, ich zeig dir Berlin, daß dir die Ohren schlackern. Und 'ne Sause machen wir, von einer Kneipe zur andern – so'n Preis muß ja begossen werden.« Dann fiel ihm ein, daß sich Peter nichts aus Alkohol machte. »Na ja, du kannst ja inzwischen im Tiergarten joggen.«

Sie holten ihre verstaubten Koffer vom Dachboden und warfen sie geöffnet auf ihre Betten. Fingen an zu packen und Pläne zu schmieden. Beschmissen sich durch offene Türen mit zusammengerollten Socken. Grölten im Duett.

Erster Preis und große Ferien! Mensch, haben wir's gut! Mann, sind wir albern ...

Irgendwann sagte Benedikt: »Wenn Karlchen mir damals nicht den Artikel mitgebracht hätte, wer weiß, ob ich je von dem Preisausschreiben erfahren hätte. Wir müssen es ihr mitteilen.«

»Ja, unbedingt.«

»Glaubst du, sie ist noch in München?«

»Keine Ahnung. Wir können's ja mal auf gut Glück versuchen«, sagte Peter und fand die Idee ganz fabelhaft. »Wir fahren über München nach Berlin.«

Er holte Müller-Mallersdorf aus dem Stall, wo er seit Karlchens Abreise wieder in Pension gegangen war, und ließ ihn auf die Bank vorm Haus fallen. »Den nehmen wir ihr mit. Hast du mal 'n Staubtuch?«

Benedikt betrachtete Müller-Mallersdorf kritisch.

»Bring gleich'n Eimer Wasser und Shampoo mit.« Während er Herrn Müller-Mallersdorf wie ein gelernter Friseur einseifte, ging Peter zum Hühnerstall. »Vielleicht freut sie sich über'n paar frische Eier. – Was könnte man ihr noch mitbringen?«

»Petersilie ...«

»Schmarrn.«

»Doch, bestimmt, sie hängt an ihr.«

»Wollen wir ihr sagen, daß wir anschließend nach Berlin fahren?«

»Nö, wozu? Gibt bloß wieder Ärger wegen Anna. – Vielleicht will sie uns auch gar nicht mehr sehen –«

»Ach, das kann ich mir nicht vorstellen. Wir kommen ja nicht mit leeren Händen, sondern mit 'nem ersten Preis.«

Beim Abspülen des Shampoos fiel Herr Müller-Mallersdorf mehrmals von der Bank, und jedesmal lachten sie drüber, weil es so komisch aussah. Und jedesmal war er ein bißchen kaputter. Mit Kamm und Bürste war seinen verfilzten, trockengerubbelten Zotteln, die sein blöde grinsendes Gesicht umrahmten, nicht beizukommen. Max und Moritz waren geradezu spießig frisiert im Vergleich zu ihm.

»Hast du mal einen Weichspüler?«

Nein, hatte Peter auch nicht. »Ich fürchte, der braucht ein neues Toupet.«

Auf der Fahrt nach München fanden sie in Deggendorf ein Geschäft mit vielen Perücken im Fenster. Gemeinsam mit Herrn Müller-Mallersdorf betraten sie den Laden.

Es war schwieriger, als sie gedacht hatten. Diejenigen Toupets, die ihnen gefielen, saßen nicht, und die, die gut hafteten, gefielen ihnen nicht. Endlich hatten sie ein hübsches rotbiondes Modell mit Mittelscheitel gefunden, das ihren Wünschen entsprach und paßte – auch die Haarqualität Eins A.

»Die ist okay, die nehmen wir.«

Da trat Peter seinem Partner Benedikt heftig auf die Zehen. »Schau dir den Preis an.« Benedikt ließ die teure Haarpracht wie eine heiße Kartoffel fallen.

»Gemma, gelle?« Peter wandte sich an den Verkäufer: »Vielen Dank. Wir versuchen es erst mal mit einer Mütze ...«

Sie verließen den Laden und stopften Herrn Müller-Mallersdorf ohne Rücksicht auf seine Bequemlichkeit – hinter die Vordersitze. »Die spinnen doch mit ihren Preisen!«

»Es war echtes Haar«, gab Benedikt zu bedenken. »Was braucht so eine Attrappe echtes Haar!?«

In München fuhren sie direkt zum Betonsilo, in der Hoffnung, Karlchen dort anzutreffen. »Ich weiß noch, wie sie mich am ersten Abend in diese Idylle verschleppt hat«, erinnerte sich Peter nicht ohne Sentimentalität.

Benedikt drückte bereits zum viertenmal auf den Klingelknopf. »Sie ist nicht da.«

»Aber ihr Küchenfenster steht offen. Sie kommt bestimmt wieder.«

Von einem der wenigen Bewohner mißtrauisch beäugt, schlüpften sie mit Herrn Mallersdorf ins Haus.

Und dann Schwabing. Endlich mal wieder Schaufenster, in die es sich lohnte hineinzuschauen, und bunte Mädchen zum Nachschauen und Straßenkaffees und alle Hautfarben ...

Vor einem Herrengeschäft blieb Benedikt stehen. »Anläßlich meines ersten Preises möchte ich mich verwöhnen. Ich kaufe mir ein Hemd. Möchtest du auch ein Hemd? Ich lade dich dazu ein.« Anschließend beschlossen sie, Gaby zu besuchen. »Sie hat ihre Werkstatt gleich hier um die Ecke in einem Hof. Vielleicht weiß sie, wo Karlchen steckt.«

Zur gleichen Zeit stand Karlchen vor ihrer Haustür und suchte nach ihren Schlüsseln, während Lumpi noch schnell ins Grüne lief, um sich auszupinkeln.

Mit Hund fühlte sie sich bedeutend wohler im leeren Betonsilo. Er hatte zwar noch mehr Angst, aber dafür bellte er furchterregender als Karlchen. Als sie den Fahrstuhl verließen, rannte Lumpi voraus zur Wohnungstür, bellte sich jedoch postwendend im Krebsgang zu ihr zurück. Dann sah auch Karlchen im Halbdämmer des langen Ganges einen Mann an ihrer Tür lehnen. Er rührte sich nicht. Und gab auch keine Antwort auf ihr »He – Sie – was woll'n Sie?«

Und dann erkannte sie ihn.

»Meine Güte – Herr Müller-Mallersdorf! Was haben sie denn mit Ihnen gemacht?« In seiner Hand klemmte ein grünes Sträußchen.

»Unsere Petersilie.« Karlchen war zu Tränen gerührt.

Und dann läutete das Telefon. Sie schloß rasch auf und lief in die Wohnung. Gaby war am Apparat. »Hier sind zwei, die dich sprechen möchten. Ich geb sie dir mal«, sagte sie.

»Hallo – Karlchen –«

»Na – ihr?«

»Magst du uns noch?«

»Ja, leider. Aber was habt ihr mit Müller-Mallersdorf gemacht?«

»Künstlerpech. Er kriegt eine Mütze. Übrigens – Benedikt hat eine große Überraschung für dich.«

Benedikt nahm ihm den Hörer aus der Hand.

»Karlchen – erinnerst du dich noch? Große Kiche, kleine Stube mit viel Sonne.«

Sie schrie auf. »Du hast gewonnen, Benny – ich werd verrückt! Aber ich hab ja immer an dich geglaubt. Ich bin sehr stolz auf dich – wann feiern wir? Heute abend? – Ich kenne einen Griechen, da gibt es besonders große Portionen ...«

Trotz der besonders großen Portionen im griechischen Lokal wurde Karlchen mal rechts auf Benedikts, mal links auf Peters Teller fündig.

»Ein Löffel für Karlchen und noch ein Löffel für Karlchen ...«

Sie aß und aß. »Schmeckt herrlich –«

Peter betrachtete sie von der Seite. »Charlotte, du hast schon wieder ein Doppelkinn.«

»Schadet euch gar nichts. Ist alles Kummerspeck. Weil ich dachte, ich hör nie mehr von euch.«

Benedikt hielt ihr sein Glas hin: »Schluck für Karlchen.«

»Noch 'n Schluck für Karlchen«, sagte Peter. Nachdem sie auch aus seinem Glas getrunken hatte, fragte sie:

»Habt ihr denn wenigstens so gelebt, wie ihr es euch gewünscht habt?«

»Wie meinst du das?«

»Hat euer Liebesleben nun endlich richtig hingehauen, seitdem ich euch dabei nicht mehr stören konnte?«

Die beiden sahen sich überlegend an. Peter schüttelte den Kopf. »So lange bist du ja nun auch noch nicht weg. Inzwischen hat sich nichts entwickelt.«

Sie wandte sich an Benedikt: »Bei dir auch nicht?« Er schüttelte den Kopf.

Nun schüttelte Karlchen selbst den Kopf. »Ja, wozu bin ich denn dann ausgezogen?« Beide Männer zuckten die Achseln. »Aber unsern Hühnern geht's gut?«

»Apropos Hühner«, sagte Peter, »hast du schon von Gaby

195

gehört, daß am Samstag sämtliche Münchner Spezis nach Nebel kommen wollen? Monatelang haben sie sich da nicht sehen lassen. Dabei hätten wir uns über jede Abwechslung riesig gefreut. Ausgerechnet jetzt, wo wir in Ferien gehen wollen, sagen sie sich an.«

»Ihr wollt zusammen Ferien machen?« fragte Karlchen wachsam.

»Ach, nur so 'n paar Tage – vielleicht nach Hamburg. Wir wissen's noch nicht so genau ...«

Auf dem Herd knofelte zwei Tage lang ein Kesselgulasch vor sich hin. Karlchens Augen waren gerötet vom Dauerweinen, dabei hatte sie schon Peters Skibrille beim Zwiebelschneiden aufgesetzt. Selbst im Traum schnipselte sie Salate.

Benedikt hatte einen Schinken in Brotteig bestellt und bei Frau Anders einen Schock Pappteller und -becher gekauft. Körbe voll Brezen und Semmeln brachte Peter aus dem Ort mit und ein Faß Bier. Drei Dutzend Münchner hatten sich angesagt.

Gegen vier Uhr wollten sie kommen. Zehn vor vier saßen unsere Drei nebeneinander aufgereiht auf der Bank vorm Haus. »Das Wetter spielt mit – nicht eine Wolke. Es ist herrlich – unsere erste große Fete!«

Gegen fünf Uhr trank Benedikt sein zweites Bier, während Karlchens Kopf auf Peters Schulter ruhte. Sie war nach den vielen Vorbereitungen vor Erschöpfung eingeschlafen.

Gegen sechs Uhr gingen die Hühner zu Bett. Gegen sieben Uhr gaben sie die Hoffnung, daß ihre Gäste noch kommen würden, auf und stopften lustlos Salate in sich hinein. Das beste Essen schmeckt nicht, wenn es – weil leicht verderblich – gegessen werden muß, und das gleich schüsselweise.

196

»Das war nun unser erstes Gartenfest – vielleicht auch unser letztes gemeinsames! Ich hab's mir anders vorgestellt«, kaute Benedikt mit langen Zähnen.

»Was das alles gekostet hat«, brummte Peter. »Und wozu habe ich geputzt und gescheuert?«

»Schadet ja nichts, wenn's bei uns mal sauber ist.«

»Wir wollen uns nicht mehr ärgern, daß keiner gekommen ist«, ärgerte sich Karlchen. »Wir wollen jetzt richtig feiern. Benny, stell die Kapelle an. Und bring bitte die rote Plastiktüte mit, da ist mein Kinderalbum drin. Ich hab's mal mitgebracht, ich dachte, es würde euch interessieren.« Peter räumte Schüsseln ab und zündete die Windlichter an.

Karlchen klappte ihr Album auf.

»Das hier sind meine Eltern auf ihrer Hochzeit. Da war ich schon unterwegs. Meine Mutter war eine hübsche Frau, nicht wahr? Von meinem Vater habe ich die Sommersprossen. Er war Tennistrainer. Das hier ist das Clubhaus, und in dem Häuschen nebenan haben wir im ersten Stock gewohnt. – Das ist Karlchen mit drei Monaten. Was jetzt kommt, ist alles Karlchen – hier mit meiner Großmutter. Die hatte ich sehr lieb, und sie hätte mich bestimmt genommen, wie meine Eltern verunglückt sind, aber damals war sie schon tot. – Na und jetzt kommen die üblichen Fotos mit Schultüte und unserm ersten Dackel – und hier in den Ferien. Wir fuhren ständig ins Gebirge. Meine Eltern waren leidenschaftliche Bergsteiger. Ich spielte inzwischen mit den Kindern des Bergführers. Ich weiß noch genau, wie sie eines Abends nicht wiederkamen – das war am Dachstein – die Aufregung im Dorf – die Suchmannschaften – damals war ich zehn. So richtig begriffen habe ich nicht, was eigentlich mit den Eltern geschehen ist. Aber weil alle heulten, heulte ich mit. Dann kam Onkel Ernst und holte mich ab.«

Benedikt sah einmal hoch, um sich eine Zigarette anzuzünden, und bemerkte Peters Gesicht im Schein des Windlichtes. Er schaute nicht auf Karlchens durch die Erinnerungen führenden Zeigefinger, sondern auf ihr Profil. Auf ihren Mund, ihre feine Nase, ihr Lächeln, ihre Sommersprossen, ihr kleines Doppelkinn – schaute sie an, als ob er sie noch nie gesehen hätte – interessiert, verwundert, bezaubert ...

Bennys Reaktion war Eifersucht: der hat sich doch nicht etwa in sie verliebt?

Karlchen merkte nichts davon. Erzählte und blätterte und lachte und trank zwischendurch einen Schluck aus ihrem Glas und schlug endlich ihr Album zu.

»Wißt ihr was? Jetzt möchte ich tanzen.«

Sie schüttelte die Schuhe ab. Das Gras war schon feucht und kühl unter ihren Fußsohlen.

Zuerst sah Benedikt zu, wie ihr Kopf beim Tanzen an Peters Schulter lag, dann beobachtete Peter wachsam ihre Anschmiegsamkeit an Benedikt. Er bemerkte, wie Benny ihr Haar küßte. Peter wußte inzwischen, daß ihr Haar nach Heu duftete ...

Karlchen war ganz Hingabe an männliche Schultern, an sentimentale Musik, an die weiche, kühle Nacht ... und ganz nüchtern war sie auch nicht mehr.

Seltsame Stimmung – aber schöööön –

Dann hielt es Peter nicht mehr aus. Er stand auf und schob sich in ihren Tanz. Nun bewegten sie sich zu dritt ... die Arme auf den Schultern des anderen ...

Was für ein spannungsgeladener Gleichklang, was für eine herrliche Sinnlichkeit ...

Sinnlichkeit? Um Himmels willen, nicht das!!! Oder endlich das – aber nein, das durfte ja nicht ... Karlchens Verwirrung war unbeschreiblich.

Sie machte sich sanft von beiden frei. »Ich geh schlafen – ich bin müde – gute Nacht.« Und verschwand im Hause, ohne sich noch einmal umzusehen.

Benedikt und Peter gingen an den Tisch zurück, tranken ihre Gläser aus, schenkten nach, Benedikt rauchte eine Zigarette nach der andern. »Ich trag jetzt das Zeug rein«, sagte Peter und räumte Schüsseln und Platten auf ein großes Brett, das sie als Tablett benutzten.

Nun stand alles in der Küche herum. Der Kühlschrank war viel zu klein.

Benedikt legte Chopin'sche Nocturnes auf. Peter schaute ihm kopfschüttelnd dabei zu. »Chopin ist auch keine Lösung.«
»Nein.«

Und dann holten beide den Rest von draußen herein.

Karlchen kam aus ihrer Kammer mit Zahnbürste und Waschlappen und begann, über dem Ausguß die Zähne zu putzen. Wegen dem schönen Chopin traute sie sich nicht zu gurgeln. Sie sah sich, die Zahnbürste in der Backe, nach Benedikt um und begegnete seinem aufmerksamen Blick. Und da mußten sie beide lachen. Es war ein sanftes, zärtliches Lachen.

»Gute Nacht«, sagte Karlchen und ging in ihre Kammer.

»Ich geh auch schlafen – Nacht«, sagte Peter.

Als er an ihrer Kammer vorbeikam, blieb er stehen und klopfte. Lumpi schlug an.

»Herein.«

Sie hatte die Arme um ihre angezogenen Knie geschlungen und sah sehr hilflos aus und sehr bedrückt.

Als Peter öffnete, zog sie sich abwehrend zur Wand zurück. »Was willst du?«

Er lehnte im Türrahmen und lächelte so verdammt männlich auf sie nieder.

»Ich wollte dir nur sagen – vergiß nicht abzuschließen.«

Sie nickte folgsam. Dann war er gegangen. Dann dachte sie endlich nach und rief »Aber die Tür hat doch gar keinen Schlüssel« hinter ihm her.

Karlchen konnte lange nicht einschlafen. War glücklich, traurig, erregt und vor allem sehr, sehr ratlos ...

Und nun standen diese vielen Salatschüsseln und der Leberkäs und der angenagte Schinken in Brotteig schon wieder auf dem Frühstückstisch, obgleich sie noch satt von gestern abend waren.

»Was machen wir damit?«

»Verschenken.«

Gumpi fiel ihnen ein – Frau Anders – Frida Kirchlechner, die pensionierte Lehrerin der ehemaligen Zwergschule von Hinteroberndorf. Sie luden das Buffet in den Kombi und fuhren es gemeinsam aus, weil keiner den andern mit Karlchen allein lassen wollte. Dreieinhalb Monate waren sie Kumpel gewesen, seit gestern abend waren sie Rivalen. Wie anstrengend. An die Reise nach Berlin dachte keiner mehr.

Karlchen und Lumpi machten inzwischen einen Sonntagmorgenspaziergang über Land. Sie nannte das ihren Kirchgang.

Dabei begegneten sie dem Jungbauern Bichler im Sonntagsstaat auf seinem Moped.

»Mei, sind Sie feierlich, Herr Bichler«, staunte Karlchen. »Wo wollen Sie denn hin?«

»Zur Kirchen. Der Pfarrer merkt's genau, wenn ich fehl. Wenn ich nicht zur Kirchen geh, traut er mich nicht.«

»Wollen Sie denn heiraten?«

»Möcht schon, aber es will ja keine, bis daß ich den Hof nicht modernisiert hab. Und da ist der Vatta gegen.«

»Es ist schon ein Kreuz mit der Liebe«, nickte Karlchen.

»Ja. Vor allem mit so an Hof. Pfüet Eahna, Fräulein –« Er ratterte weiter. Bauerntöchter wissen von Anfang an, was ihnen blüht.

Würde ich bedenkenlos auf den Schmalzlerhof ziehen, wenn mich einer von beiden darum bitten würde? überlegte Karlchen.

Plumpsklo im Winter! Da fragt man sich spätestens Anfang Januar, was das Herz in seiner Tür zu bedeuten hat. Soll es einen daran erinnern, daß man aus Liebe auch das PC mit vereistem Hintern mitgeheiratet hat?

Zuerst fuhren Peter und Benedikt nach Hinteroberndorf zu Frida Kirchlechner. Peter betrat mit diskret verdecktem Heringssalat ihr Häuschen.

Schwarzgekleidet, das Gesangbuch in der knorrigen Hand, bedauerte die Alte sehr, daß er sie ausgerechnet zur Stunde des Kirchgangs besuchen kam. Aber wo er nun einmal da war, mußte er unbedingt ihre noch heißen Schmalznudeln probieren. Peter, voll bis zum Kragen, würgte eine obendrauf und ließ sich auch noch zwei einpacken. Es war einfach unmöglich, sich ihrem strengen Befehl zu widersetzen. Und wie war er nur auf die Idee gekommen, Frida Kirchlechner übriggebliebenen Heringssalat anzubieten? Benedikt schüttelte nur den Kopf, als er mit den zusätzlichen Schmalznudeln in den Wagen zurückstieg und leidend vor sich hin rülpste.

Am Bahnhof von Nebel begegneten sie Christl Schäfer mit Gepäck beladen.

»Na, hattet ihr 'ne schöne Party gestern abend? Tut mir leid, daß ich nicht kommen konnte. Aber ich mußte ja packen.«

»Ist okay, Christl.« Peter küßte sie zum Abschied. »Ich

201

wünsch dir ein fröhliches Griechenland!« Und erst, als er ins Auto gestiegen und weitergefahren war, bemerkte sie die Schüssel mit Heringssalat auf ihrer Reisetasche, deren Reißverschluß nicht mehr zuging.

Den Rest luden sie bei Gumpi ab. »Wo werd i des hinessen?« sagte er bekümmert.

»Sie kennen doch bestimmt jemanden, der sich darüber freut«, meinte Benedikt.

»No was – kenn i nicht nur einen.« Peter streckte ihm die Hand hin. »Wir müssen zurück.«

»Ist das Freilein Karlchen wieder da?«

»Ja.«

»Schad, daß sie nicht hat kennen mitkommen.« Er sah sie beide an. »Hab i nie verstandn – zwa Männer, was jung sind – und lassn so a Mädel laufen –«

Es folgte eine Schweigeminute.

Dann sagte Benedikt: »Durchteilen können wir sie leider nicht.«

Gumpi nickte. »Wär auch schad drum.« Sie schwiegen lange nebeneinander her auf dem Rückweg zum Schmalzlerhof. Schließlich sagte Benedikt: »Da kennen wir dieses Kind ein Vierteljahr –«

»Sogar noch länger –«

»– und waren bescheuert genug, nicht zu merken, was für ein hinreißendes Geschöpf wir um uns haben.«

»Dämlichen Gänsen wie den Finkenzellerinnen sind wir nachgestiegen.«

»Ja. Schön blöd.«

Und danach schwiegen sie wieder ein Stück vor sich hin.

»... aber kannst du mir mal sagen, wieso wir beide ausgerechnet am selben Abend nach so langer Zeit, in der wir mit Scheuklappen rumgedeppt sind ...«

»Nein«, konnte Benedikt auch nicht. »Und wie soll das jetzt mit uns dreien weitergehen? Kannst du mir da vielleicht mal einen Tip geben?«

»Frag mich was Leichteres!«

»O Mann! Wir Idioten. Warum sind wir bloß nach München gefahren, statt direkt nach Berlin!? Alles wegen deinem Scheiß-Preis. Den mußtest du ihr ja unbedingt mitteilen.«

»Nun komm, komm«, regte sich Benedikt auf. »Wer hat denn nach München gewollt? Du oder ich?«

»Okay – wir beide. Und jetzt haben wir den Salat.«

Sie bogen in den Hof ein und glaubten es nicht.

Da standen an die zwanzig Autos bis tief in die Wiesen hinein, und vorm Haus lärmte Peters alte Münchner Clique und ihre neuen Freunde und Zufallsbekanntschaften. Zwanzig Autos à drei bis vier Personen macht ... ohnein –!

Karlchen kam verstört auf die beiden versteinerten Männer im Kombi zugelaufen. »Sie waren gestern auf 'ner Hochzeit eingeladen, das hatten sie vergessen. Darum sind sie erst heute gekommen. Jetzt haben sie Hunger. Sagt bloß, ihr seid das ganze Futter los?«

Sie nickten.

»Dann fahrt sofort zurück und holt es wieder, aber schnell, eh's einer aufgegessen hat. Und das Bier reicht auch nicht!« scheuchte sie die beiden nach Nebel zurück.

17

Ferien sind schön. Vor allem im Sommer auf dem Lande. Benedikt hatte zwar seinen ersten Preis, aber noch keinen festen Auftrag. Karlchens Tournee durch Bayern war erfolgreich beendet. Ludwigs und Wagners hatten sich fabelhaft verkauft, vor allem mit dem Zusatz, daß der Künstler, der sie gemalt hatte, ein Zwerg war. Karlchen hatte sich anfangs für diesen Verkaufstrick geschämt, aber Lauterbach selber hatte ihn angeregt. »Die kleinen Clowns im Zirkus machen aus ihrem Zwergenwuchs ja auch ein Geschäft.«

Na ja, wenn er meinte ...

Benedikt hatte Ferien, Karlchen hatte gutverdiente Ferien, Peter hatte sogar große Ferien.

Es könnte alles so lustig sein – wenn es noch so wäre wie früher ...

Am Tag nach der Party, nachdem die letzten verkaterten Münchner, die im Stall, im Gras und auf dem Dachboden übernachtet hatten, endlich abgefahren und ihre Spuren beseitigt waren, beschloß Karlchen, im Zuge des Putzens auch in ihrem Auto großreinezumachen, ehe die Mäuse auf die Idee kamen, darin zu nisten. Der Boden war mit Holzwolle bedeckt. Und was so alles darin herumfilzte ...

Herrn Müller-Mallersdorf lehnte sie dabei gegen die Tür des Hühnerstalls, ohne zu ahnen, daß Benedikt dahinter die

Tagesration Eier von pflichtbewußten Hennen zusammenraff-
te. Na ja, und wie er die Tür von innen aufstieß, fiel Herr
Müller-Mallersdorf eben um und mit der Nase auf einen Stein.
Danach war sein linker Arm ab und die Nase platt.

Benedikt holte Strippe und Pflaster. Gemeinsam verarzte-
ten sie die Ruine.

»Du hast gar nicht in deinem schlauen Medizinbuch nach-
gelesen, wie man einen Arm wieder anbindet«, fiel Karlchen
auf.

Benedikts Blick träumte sich in ihre Augen. Es war soviel
Zärtlichkeit zwischen ihnen.

»Was wär aus mir geworden – ohne dich ...«

»Wieso, Benny –?«

»Damals, als du mich aufgelesen hast, ging ich auf dem
Zahnfleisch. Ich hatte die Schnauze gestrichen voll. Von allem. Aber dann hast du angefangen, dich um mich und den
Hof zu kümmern und hast mir den Peter gebracht, ohne dich
hätte ich nie von dem Preisausschreiben erfahren und nie
den Ersten gemacht. Du mit deinem Lebenswillen – du gibst
soviel davon ab ... auf einmal habe ich wieder Lust und Zu-
kunftspläne ...« Er küßte ihre Hände.

Und da schoß Peter, der Holz gehackt hatte, um die Hausecke. Stierte eifersüchtig auf die beiden, die nun aufstanden
und sich zögernd trennten.

»Müller-Mallersdorf ist umgekippt«, versuchte Karlchen zu
erklären. Und entzog sich der Dreierspannung mit der blassen Entschuldigung: »Ich hab was im Stall vergessen.«

Peter fand sie dort wenig später, auf alten Autoreifen hok-
kend, blanke Ratlosigkeit zwischen aufgestützten Armen.

»Ich such den Handfeger – aber hier ist er nicht.« Sie schaute
zu ihm auf. »Und ich denk darüber nach, wie es jetzt weitergehen soll – mit uns und überhaupt –«

»Ist doch ganz einfach.« Peter zog sie zu sich herauf und küßte sie ausführlich. Sie wehrte sich nicht, kam ihm auch nicht entgegen. Hielt einfach still.

Er hob ihr Kinn an und erzwang ihren Blick. »He – du – jetzt glaubst du mir nicht, aber ich mein's wirklich ernst. Ich hatte lange genug ein Brett vorm Kopf, aber jetzt – ich liebe dich, Karlchen! Hörst du überhaupt zu?«

»Ja.«

»Sag bloß, du denkst an Benedikt.«

Sie machte sich sanft von ihm frei. »Ich kann an euch nicht einzeln denken. Noch nicht – vielleicht später – laßt mich bitte in Ruh!«

»Wo willst du hin?«

»Allein sein.«

Sie holte die Schlüssel für ihren Wagen und fuhr vom Hof.

Lumpi, der mitwollte, rannte bis zur Biegung kläffend hinterher, dann gab er auf und trottete zurück.

Benedikt sah Peter fragend an, als er an ihm vorbei ins Haus ging.

»Sie will allein sein.«

Karlchen fuhr anfangs ohne Ziel durch die Gegend, dann fiel ihr Gumpi ein. Im Schulhaus fand sie ihn nicht, also konnte er nur auf seinem Grundstück am Bahndamm sein. Zwischen Malven und Stangenbohnen und Tabakpflanzen, zwischen Erdbeer- und Zwiebelbeeten, Rosenhecken und Beerensträuchern leuchtete die rotgestrichene Tür seiner Laube. Beschirmt wurde die kleine, vollgestopfte Parzelle von einem Sauerkirschbaum.

Als Karlchen vorfuhr, fuchtelte Gumpi gerade mit der Harke zwischen seinen Zweigen herum, um die Stare zu verscheuchen, und bedachte sie dabei mit außerordentlichen böhmischen Schimpfnamen.

»Hier haben Sie also Ihren berühmten Garten«, sagte Karlchen nach der Begrüßung.

»Was heißt, *ich* habe ihn? Die Maulwürfe haben ihn und die Wühlmäuse und die Schnecken und der Mehltau. Jetzt pflicken die Vegel meine Kirschen, bevor i komm selber dazu. Aber was red i. Wie geht's Ihna, Freilein – mechten S' a Streißl – wartn S' – i schneid Ihna ans.«

Karlchen schaute ihm dabei zu.

»Jetzt sind Ferien, hab i endlich Zeit fir Unkraut. Herr Lehrer sin schon abgereist?«

»Noch nicht. Wahrscheinlich, weil ich noch da bin.«

»No und?«

»Ach, Gumpi, es ist alles so schwierig geworden. – Es geht nicht mehr zu dritt.«

Er verstand. »Jetzt is ana zuviel.«

»Ja.«

»No denk ich schon lange. Und Sie wissen schon wer?«

»Das ist es ja gerade. Ich hab sie beide so lieb.«

Gumpi hatte genug Blumen gepflückt. Er legte den Strauß neben Karlchen auf die Bank und holte einen Bast zum Zusammenbinden. »Freilein, hab i eine Schwester in Brinn, was sich auch nicht entscheiden hat megen zwischen zwa fesche Untroffziere. No, was is heite? Alte Jungfer is – alte Schartekn.«

Karlchen wäre am liebsten bei Gumpi geblieben im Liegestuhl unterm Kirschbaum, Vogelzwitschern und Bienensummen drumherum.

Ab und zu fuhr mal ein Zug vorbei, dann ging die Bahnschranke in der Nähe mit Ping-ping-ping herunter ...

Karlchen faßte einen schweren Entschluß. Allein bei dem

207

Gedanken an ihr Vorhaben kamen ihr Tränen des Selbstmitleids.

Sie nahm ihren Blumenstrauß, verabschiedete sich von Gumpi und fuhr auf den Schmalzlerhof zurück.

Peter hatte inzwischen die Fensterläden ausgehängt und strich sie rotweiß. Benedikt versuchte, mit der frisch gedengelten Sense das hohe Gras im Vorgarten zu mähen.

Noch waren seine beiden Beine dran.

»Hört mal zu. Ich habe einen Wunsch«, begrüßte sie Karlchen. »Wo Prag schon nicht geklappt hat, möchte ich morgen mit euch nach Passau fahren. Da war ich auf meiner Vertretertour. Passau hat eine wunderschöne Altstadt.«

»Ach ja?« Die Begeisterung der beiden hielt sich in höflichen Grenzen.

»Wollt ihr denn nicht einmal mit mir verreisen?« Nichts lieber als das, dachten beide Männer für sich, aber nicht zu dritt. Es wollte aber auch keiner zurückbleiben und die beiden andern allein fahren lassen.

Also brachen sie am nächsten Morgen mit Karlchens Kombi auf.

Gumpis Blumenstrauß fuhr in einem Eimer mit, weil er ja nicht ungesehen verblühen durfte.

Inzwischen wunderten sich Benedikt und Peter bei Karlchen über gar nichts mehr. Nur ihr Gepäck gab ihnen zu denken. Warum nahm sie ihre Koffer mit, wenn sie doch nur einen Tag und eine Nacht fortbleiben wollten?

»Kann sein, daß ich anschließend nach Montabaur fahre«, sagte sie. »Ich hab da was Dringendes zu erledigen.«

»Und wir?«

»Keine Sorge, euch bringe ich zum Zug.«

Die Idee fanden beide nicht so gut. Auch nicht, daß sie Müller-Mallersdorf ebenfalls verlud. Er sah inzwischen wie ein heruntergekommener Wermutbruder aus. »Soll der etwa mit nach Passau?«

»Nein, bloß bis zu Gumpis Garten. Er braucht dringend eine Vogelscheuche für seinen Kirschbaum.«

Als sie vom Hof fahren wollten, kam der Briefträger auf seinem Moped den Weg herauf und reichte ihnen zwei Bankbriefe und das Nebeler Kreisblatt in den Wagen.

»Wartet hier, ich komm gleich wieder«, sagte Karlchen, vor Gumpis Grundstück parkend. Mit Müller-Mallersdorf ging sie auf ihn zu, der sich die erdigen Hände vom Unkrautjäten wischte, bevor er sie begrüßte. Mallersdorf wurde gegen die Laube gelehnt.

»Sie vermacht ihm doch tatsächlich die Ruine«, staunte Benedikt.

»Alles Gute, Gumpi, vergessen Sie mich nicht. Ich werde auch oft an Sie denken.«

Ihre Abschiedsworte stimmten ihn nachdenklich. »Das mecht so klingen, als ob S' nicht wiederkommen, Freilein.«

»Nein. Ich mach jetzt noch einen Ausflug nach Passau mit ihnen, und dann ist Schluß.«

»Oj –« Das tat ihm aber leid. »Haben S' sich nicht kennen entscheiden fir eine von beiden?« Karlchen zögerte einen Augenblick, dann sagte sie: »Ich wüßte schon welchen, aber dann ist der andere unglücklich, und ich könnte auch nicht glücklich werden auf seine Kosten. Ich müßte immer an ihn denken.«

Gumpi hatte gewisse Schwierigkeiten, ihren Gedankengang nachzuvollziehen. »Wenn S' meinen, Freilein ...« Er schüttelte ihr zum Abschied beinah die Hand ab.

»Was sagste nu?« staunte Benedikt. »Karlchen kiißt euren Hausmeister.«

Nachdem sie auch noch Herrn Müller-Mallersdorf über den Haarfilz gestrichen hatte, kam sie zum Kombi zurück und bestand darauf, selbst zu fahren.

»Auf nach Passau!« Sie drückte zweimal die Hupe durch und gab Vollgas.

Im Laufe der Fahrt hatte Peter genügend Gelegenheiten, Benedikt zu beneiden, der hinter ihnen saß und nicht so direkt den möglichen Folgen ihrer Fahrweise ausgeliefert war. Mehrmals zog er die Luft ein, stützte sich ab, bremste mit den Hacken, kniff den Hintern ein.

»Hast du etwa Angst?« amüsierte sich Karlchen. »Hab ich was gesagt?«

»Nö, aber du tust so.«

»Warum sollte ausgerechnet heute was passieren, wo du doch immer so fährst und bisher alles gutgegangen ist«, tröstete sich Peter blaß.

»Und Benedikt?«

Dieser las im Kreisblatt und kraulte gedankenverloren den Hund auf seinem Schoß.

»Ihm hat's die Sprache verschlagen«, grinste Peter.

Karlchen nahm abrupt eine Kurve, bremste. Dann blinkte sie rechts und ordnete sich links ein.

»Das war das Wunderbare an Herrn Müller-Mallersdorf – er hat sich nie beklagt!«

Mitten in Passau fand sie zwei Parkplätze nebeneinander. Das reichte ihr zum Einparken des Kombis.

Sie stiegen aus und schauten sich um. Karlchen blätterte in einem Führer.

»Erst gehen wir zur Nibelungenhalle.«

»Ich habe was gegen Nibelungen – seit meiner Schulzeit«, sagte Peter.

»Und du, Benny?«

»Ich habe Durst.«

»Also, ihr macht's unsereinem wirklich nicht leicht.«

Sie standen mitten im Fußgängerstrom. Benedikt wurde etwas nervös. »Okay, die Nibelungen. Und was kommt dann?«

»Kirchen. Passau hat elf Stück.«

»Etwa alle?« fragte Peter bedrückt. »Wenigstens den Stephansdom.«

St. Stephan besitzt die größte Orgel der Welt.

17 000 Pfeifen (in Worten siebzehntausend) und 215 Register.

»... und wenn einer alle Register zieht, dann dröhnt sie dich fromm, ob du willst oder nicht«, erklärte Karlchen die Orgel.

»Ach, mein Mädchen.« Peter legte den Arm um sie und zog sie nah an sich heran.

Karlchen sah sich um. »Wo ist Benedikt?«

»Ich muß mit dir reden, du!«

»Bitte, such ihn!« drängte sie.

»Geht das nicht langsam zu weit? Kaum hab ich dich endlich mal allein, schon schreist du nach Ben!«

Sie legte einen Finger auf seinen Mund. »Du schreist.«

Er fing ihn mit den Zähnen ein.

Karlchen machte sich sanft, aber entschieden von ihm los. »Ich möchte mir jetzt die Kirche anschauen. Bitte.«

Er sah ein, daß es keinen Sinn hatte, ihr zu folgen. Darum machte er sich auf die Suche nach Benedikt und fand ihn in einer Bank, das zusammengefaltete Kreisblatt auf den Knien.

Peter setzte sich zu ihm.

Ben reichte ihm wortlos die Zeitung und tippte auf einen Artikel:

Regensburger Architekt baut Schule in Nebel

Vermutlich schon im Frühjahr nächsten Jahres wird mit dem Neubau der Grund- und Hauptschule in Nebel begonnen werden. Wie gestern bekannt wurde, ist es so gut wie sicher, daß das Regensburger Architektenbüro Friedrich Schuster & Partner den Auftrag für den Bau der Schule erhalten wird. Wie die Redaktion aus inoffizieller Quelle erfahren konnte, hat sich in der letzten Stadtratssitzung eine Mehrheit des Stadtrats für den Schuster-Entwurf ausgesprochen, der bei dem inzwischen abgeschlossenen Architekturwettbewerb mit dem zweiten Preis der Jury ausgezeichnet worden war. Eine offizielle Bestätigung war aus dem Nebeler Rathaus gestern bis Redaktionsschluß nicht zu bekommen.

Peter ließ die Zeitung sinken.

»MannohMann! Das ist eine Sauerei! Der Schuster hat doch nur den zweiten Preis gemacht.«

»Aber er hat sein bewährtes Team«, sagte Benedikt. »Und angesehene Baufirmen, mit denen er zusammenarbeitet.«

»Vor allem hat er die richtige Partei. Da steckt der Finkenzeller hinter.«

Benedikt zuckte vage die Achseln. »Und seine Töchter.«

»Das ist doch jetzt so egal.«

Er nahm Peter die Zeitung ab, steckte sie in die Betbank und stand auf.

»Sag nichts Karlchen davon. Sie hat sich so auf Passau gefreut. – Spielen wir Passau für Karlchen.«

Peter stand ebenfalls auf. Ihm war zum Kotzen zumute. Wie gern hätte er Benedikt etwas Tröstliches gesagt, aber es war soviel Zorn in ihm. Es kam ihm vor, als ob nicht nur Ben, sondern er selbst den Auftrag verloren hätte. So stark war bereits ihr Zusammengehörigkeitsgefühl. Was vor Monaten als Notgemeinschaft mit gegenseitigem Dulden begonnen hatte, war inzwischen Freundschaft geworden. Das machte die neue Situation mit Karlchen auch so vertrackt.

Die Orgel setzte ein – ließ die Luft erzittern, so gewaltig war ihr Klang.

Sie sahen Karlchen auf sich zukommen. »Da übt einer«, sagte sie ergriffen. Daß sie inzwischen drei Kerzen gestiftet hatte, für jeden eine, erzählte sie nicht. »Klingt das nicht wie die Stimme vom lieben Gott?«

Die beiden Männer schienen kaum hinzuhören – was bei dem lautstarken Klangvolumen an sich ein Kunststück war. Sie wirkten verärgert, vor allem Peter. Er sah so aus, als ob er am liebsten etwas kurz und klein geschlagen hätte, und darum verließen sie lieber St. Stephan und setzten ihren Bummel durch die romantische Altstadt fort.

Weil sie Karlchen ihren Ausflug nach Passau nicht verderben wollten, gaben sich beide Mühe, fröhlich zu sein. Bei Peter hatte diese Fröhlichkeit allerdings einen grimmigen Unterton. Und Benedikt lächelte so hoffnungslos wie einer, dem man gerade wieder einmal einen Strich durch die Zukunft gemacht hat.

Sie bummelten zum Drei-Flüsse-Eck.

»Hier fließen zwei in die Donau«, erklärte Karlchen, »der Inn und der Ilz.«

»Schon wieder drei! Ein Scheißverhältnis.«

»Auf jeden Fall ist Karlchen die Donau«, witzelte Benedikt.

»Heißt der eine Fluß überhaupt der Ilz? Müßte er nicht die Ilz heißen? – Karlchen, guck mal in deinem schlauen Büchlein nach.«

»Da steht bloß Ilz drin ohne Geschlechtsbezeichnung.« Sie blickte sich um und entdeckte einen Schiffer auf einer Bank.

Er war groß und stark, etwa Mitte Dreißig, und hatte die Ellbogen über die Lehne gehängt.

»Verzeihung, ich hab mal eine Frage: Heißt es die Ilz oder der Ilz?«

Er dachte einen Augenblick nach. »Daschawoll die Ilz, nech?«

»Danke.«

Karlchen wandte sich an Peter und Benedikt. »Also ein ganz anderes Dreiecksverhältnis als unseres: zwei Mädchen und ein Mann.«

Der Schiffer hatte zugehört und schien sich sein Teil zu denken.

»Ach, bitte, und dann hätte ich noch eine Frage: Kennen Sie hier ein Lokal, in dem man gut essen kann?«

»Denken Sie an eins mit Kapelle oder lieber still? Ich würd sagen, wo keine Musik ist, ist die Küche besser.«

»Wo essen Sie denn immer, wenn Sie hier sind?«

»Ja, dascha mehr am Hafen. Da müssen Sie – wart mal – aber zu erklären ist das gaa nich so leicht. Da kommen Sie am besten mit, ich muß sowieso längs.«

Und so zog Karlchen mit dem Schiffer »längs«, und Peter und Benedikt zogen mürrisch hinterher.

»Was soll denn das nun wieder?« ärgerte sich Peter.

Der Mensch hieß Fiete – wie das Lokal hieß, vergaßen sie zu fragen.

Sie hätten bei dem guten Wetter lieber draußen gesessen mit Blick, aber sie wurden ja sowieso nicht gefragt, nicht mal bei Tisch. Die Unterhaltung führten ausschließlich Karlchen und Fiete.

Er kam aus Wedel, das war bei Hamburg.

»Und von da sind Sie auf Flüssen bis hierher, ist das nicht 'n bißchen umständlich?«

»Wir liegen in Krems«, erzählte er, »in Passau haben wir Maschinenteile für Rumänien geladen.«

»Einmal die Donau runter ...«, träumte Karlchen. »Durch die Wachau – Wien – Budapest ...«

»Denn komm' Sie doch mit«, schlug Fiete vor.

»Ach, das würde ich zu gern machen ...«

Peter und Benedikt sahen sich über ihr Fischfilet hinweg bedeutungsvoll an: Naaa?

Gemeinsam gingen sie auf die Herrentoilette, um sich auszusprechen.

»Das ist vielleicht 'n Ausflug«, schimpfte Peter. »Hat sie uns nach Passau gelockt, damit wir zusehen, wie sie hier einen Fiete anmacht? Was soll das? Was hat sie vor??«

»Was schon – sie findet ihn nett«, schwächte Benedikt ab. »Und wenn Karlchen einen nett findet, dann lernt sie ihn eben kennen, ob er will oder nicht. Denk daran, wie sie uns aufgegabelt hat.«

»Einer von uns beiden hätte genügt. Dann hätten wir jetzt nicht unser Problem.«

»Oh, das Problem können wir ganz schnell los sein – indem nämlich Karlchen mit Fiete die Donau runterschippert«, grinste Benedikt, »als lachender Dritter.«

»Du findest das auch noch komisch, ja?« tobte Peter.»Du, das sag ich dir – wenn sie mit dem abhauen will, nehm ich den Typen vorher auseinander!«

Als sie an den Tisch zurückkamen, hatte Karlchen bereits die gesamte Rechnung gezahlt – »Das ist heute meine Party!« –, und außerdem eine Neuigkeit für die beiden. »Fiete hat uns eingeladen, wir dürfen heut abend auf sein Schiff kommen. Und wißt ihr, wie es heißt? Charlotte. Ist das nicht irre?«

Sie sah die beiden an und vermißte die erwartete Begeisterung in ihren Mienen.

215

Das war ein sanfter, lauer Abend unter einem blaßblauen Himmel auf dem Deck des Frachters »Charlotte«. Mit Glockenläuten von elf Kirchen.

Benedikt, Peter und Lumpi erlebten ihn stocknüchtern. Karlchen und Fiete hatten sich einen gewissen gefühlvollen Grad angeschickert. Immerhin verlangte Karlchen nach einer Mundharmonika, weil die zur Seefahrt eben gehört.

Fiete meinte, er hätte irgendwo eine in seiner Kombüse, und stieg hinunter, um sie zu suchen. Nun waren sie allein.

Karlchen streckte sich auf ihrem Stuhl aus, den Blick zum Himmel. »Schaut mal, die ersten Sterne gehen an. Ihr müßt zugeben, das war ein schöner letzter Tag.«

»Was meinst du mit letztem?«

»Ich trenne mich von euch. Endgültig. Und ich komme auch nie wieder. Ich hab lange überlegt – es ist so die beste Lösung.«

Einen Augenblick herrschte Funkstille.

Dann fragte Benedikt: »Hast du uns nach Passau gelockt, um uns das zu sagen?«

»Auf dem Hof wär's mir zu schwer gefallen. Ja, wirklich, da hätte ich's nicht fertiggebracht. – Und außerdem wollte ich noch mal mit euch verreisen ...« Ihre Stimme klang hell und ein bißchen hilflos. »Es war schön mit euch – überhaupt alles – und ich glaube, so schön kann die Freundschaft mit einem Mann allein gar nicht sein. Ihr habt euch eben ergänzt ... zusammen wart ihr ideal ...«

»Aber kein Zustand auf die Dauer.«

»Und wie hast du dir unsere Zukunft vorgestellt?«

»Eben gar nicht. Darum fahr ich ja ab. – Vielleicht«, sie kaute an ihrem Daumen herum, »vielleicht komme ich noch einmal nach Nebel, wenn Benedikts Schule fertig ist. Die möchte ich unbedingt anschauen und sehr stolz auf dich sein, lieber Ben ...«

Beide Männer öffneten den Mund und schlossen ihn wieder.

»Da kommt Fiete mit der Mundharmonika«, sagte Benedikt beinah erleichtert, als der Schipper, das Instrument am Ärmel entstaubend, zu ihnen zurückkehrte.

»Danke – vielen Dank.« Karlchen probierte feuchten Auges auf ihr herum – zog und pustete – eine beinah erkennbare Melodie kam zustande – so eine Mischung aus »Feelings« und »Röslein auf der Heiden«. Dann legte sie die Mundharmonika auf den Tisch und stand auf. »Ich mag doch nicht spielen.« Und ging zur Reling.

»Die Deern weiß auch nicht, was sie will«, meinte Fiete.

Peter ging ihr nach und legte den Arm um sie. Benedikt überlegte, ob er ebenfalls, aber dann blieb er sitzen und hielt Fiete sein leeres Glas hin.

»Jetzt brauch ich auch 'n Schluck.«

Karlchen kam an den Tisch zurück. »Herr Fiete, ich hab's mir überlegt. Ich kann nicht mit – aber können Sie die beiden nicht ein Stück mitnehmen – vielleicht bis Krems oder so? Sie laufen doch morgen früh aus.«

Benedikt und Peter guckten fassungslos. Was sollte denn das nun wieder?

Fiete war auch nicht gerade enthusiasmiert von ihrem Vorschlag. »Wir sind ja man 'n büschen beengt und nich auf Passagiere eingerichtet. Wenn mein Bootsmann noch kommt …«

Peter und Benedikt fanden die Sprache wieder: »Uns fragst du wohl gar nicht?«

»Th – dascha gediegen – Charlotte bestimmt«, grinste Fiete.

»So, und jetzt geh ich …«

Karlchen wollte es schnell hinter sich bringen.

»Lumpi!« Er lag abseits, mit einem Knochen beschäftigt,

den er von Fiete geerbt hatte. »Bloß keinen langen Abschied.«
Sie umarmte zuerst Benny, dann Peter. »Macht's gut. Wiedersehn, Fiete, vielen Dank. Wo habe ich denn meine Tasche –«, sie drehte sich im Kreise, »ach, da ist sie ja – und die Leine – komm, Lumpi!«

Die drei Männer hatten ihr nur tatenlos zugeschaut und begriffen erst jetzt, als sie eilig von Bord ging, daß dies keinen Probealarm, sondern einen ernstgemeinten, kurz und schmerzlosen Abschied darstellte. Da wurden sie endlich munter.

»He – Karlchen!«

»Wo willst'du denn hin so spät?«

»... und so betüdelt!«

»Ja, eben. Du kannst so nicht fahren.«

»Nur bis zum Hotel«, versprach sie.

»Dann kommen wir mit!«

»O nein«, sie weinte beinah, »es ist alles so schön arrangiert. Ihr bleibt hier – ich möcht mir vorstellen, wie ihr die Donau runterfahrt ...«

»Denn kommt man alle drei bis Krems mit«, schlug Fiete vor.

Karlchen war unglücklich. Nun hatte sie endlich das Abschiednehmen hinter sich, nun stand es ihr in Krems noch einmal bevor.

Peter und Benedikt nächtigten auf Deck, Karlchen zog mit Lumpi in Fietes Kajüte. Der schlief bei seinem Bootsmann.

Am frühen Morgen machten sie den Kahn zum Ablegen klar. Davon wachte Benedikt auf.

Er brauchte einen Augenblick, um sich zu erinnern. Richtig, er befand sich an Bord der »Charlotte«. Sie hatten bis ein Uhr früh eine ganze Menge getrunken. Auch Mundharmonika gespielt. Karlchen hatte ihre Arme um beide gelegt und

218

geseufzt und dann ihren Arm von Benedikts Schulter gleiten lassen, weil sie an Peters Schulter eingeschlafen war. Zufall? Nein. Sie fühlte sich eben ein bißchen mehr zu ihm hingezogen.

Benedikt stand auf, zog sich an und stolperte über Peters Schuhe, die auf dem Boden herumlagen. Davon wachte dieser auf.

»Wo willst'n du hin?«

»Ich zieh Leine«, sagte Benedikt. »Erst mal nach Nebel, um meine Klamotten zu packen, und dann nach Berlin, wie wir's vorhatten.«

Peter versuchte den Schlaf abzuschütteln, um klar denken zu können. »Und Karlchen?«

»Fährt mit dir. Sie liebt dich, nicht mich. Mir wollte sie bloß nicht weh tun, sonst hätte sie sich längst entschieden.« Er nahm Feuerzeug, Zigaretten und Schlüssel vom Tisch und stopfte sie in seine Jackentaschen. »Ihr paßt auch besser zusammen.«

Peter, die Hände unterm Kopf verschränkt, sah ihm dabei zu.

»Fährst du zu Anna?« hoffte er, um sein Gewissen zu entlasten.

»Ich werde sie natürlich sehen, aber die Geschichte zwischen uns ist gelaufen.«

»Erst geht dir der Auftrag durch die Lappen und nun auch noch Karlchen ...«

»Vergiß nicht, ich geh freiwillig. Keiner braucht'n schlechtes Gewissen zu haben. Bestimmt nicht.« Er reichte ihm die Hand.

»Ich bring dich«, sagte Peter.

Als sie an ihrer Tür vorbeikamen, öffnete er sie vorsichtig – Lumpis Knurren ging in Wedeln über, als er Benedikt sah.

219

Einen Augenblick blieb er vor dem schlafenden Karlchen stehen. War versucht, eine Haarsträhne aus den Sommersprossen zu schieben, aber die Sorge, sie könnte davon aufwachen, hielt ihn zurück.

Er schloß die Tür.

Peter brachte ihn von Bord.

»Grüß sie schön. Sag ihr, ich hätte das Farmerleben dick. Ich müßte mal wieder unter Großstädter. Ihr könnt so lange auf dem Hof bleiben, bis ich 'nen Käufer finde.«

»Was für ein starker, edler Abgang. Darüber kommt sie nie hinweg«, ahnte Peter.

Sie umarmten sich.

»Tschau, Lumpi«, rief Benedikt dem Hund zu, der bereits den dritten Baum begoß. Er hob sich immer für jeden etwas auf, damit sich kein Baum benachteiligt fühlte.

»He«, rief Peter hinter Benedikt her. »Deine Berliner Adresse!«

»Schreibe ich euch, sobald ich weiß, wo ich wohnen werde.«

»Servus – Mach's gut, du!«

»Ihr zwei auch! Viel Glück –«

Auf dem Weg zum Bahnhof kam Benedikt an dem Parkplatz mit Karlchens Kombi vorbei. An seiner Scheibe klemmte ein Strafzettel. Im Fond welkten Gumpis Blumen.

Karlchen ... ach ja, Karlchen ...

Trotz allem hatte ihm die Zeit mit den beiden wieder Auftrieb gegeben und eine positivere Einstellung zum Leben. Er freute sich plötzlich auf einen Neuanfang in Berlin oder anderswo ...

Am Fahrkartenschalter des Passauer Bahnhofs verlangte er »Einmal Zwoter Nebel«.

»Hin und zurück?«

»Nee, nur zurück. Koffer packen.«

Mit jedem Kilometer entfernte er sich mehr von den beiden. Sie fingen bereits an, Erinnerung zu werden. Eine liebe Erinnerung.

Als er kurz vor Nebel an Gumpis Grundstück vorüberfuhr und Herrn Müller-Mallersdorf voll klappernder Silberfolie im Kirschbaum baumeln sah, mußte er lachen, auch wenn ihm nicht sehr danach zumute war.

Karlchen wachte durch das rhythmische Stampfen von Maschinen auf. Sie fuhren also schon.

Und dann sah sie Peter am Tisch sitzen, er schaute sie an, wer weiß, wie lange schon.

Sie lächelte. »Morgen ...«

»Guten Morgen, liebes Karlchen.« Er stand auf und setzte sich auf ihren Bettrand. »Brummschädel?«

»Hmhm. Bißchen.«

»Das kommt vom Mundharmonikaspielen.«

»Nein, vom Saufen. Wo ist Benedikt?«

»Fort. Er läßt dich schön grüßen.«

»Danke.« Und dann begriff sie. »Ganz fort?«

»Er meinte, es wäre so die beste Lösung. Für alle. Wir paßten auch besser zusammen, und es braucht keiner ein schlechtes Gewissen zu haben.«

Sie saß jetzt aufrecht.

»Hat er das gesagt? – Er ist wunderbar. Er ist der wunderbarste Mensch, der mir je begegnet ist. – Weißt du, was mich tröstet? Sein erster Preis. Wenigstens hat er eine große Aufgabe vor sich, die ihn ablenken wird.«

Peter dachte, wenn ich ihr jetzt erzähle, daß es mit dem Auftrag auch nicht geklappt hat, springt sie von Bord und schwimmt gegen den Strom nach Passau.

Oder aber sie bleibt und tut nichts anderes, als um ihn jammern.

Deshalb verschob er die Mitteilung auf einen späteren Zeitpunkt und nahm Karlchen erst einmal in die Arme.

Noch fünf Wochen Ferien lagen vor ihnen. Was man damit alles anfangen konnte –!

»Wir müssen mal Fiete fragen. Vielleicht nimmt er uns mit bis Wien.«

»Aber ich hab nichts zum Anziehen bei mir – ist alles im Auto. Ich hab nicht mal mehr Geld ...«, sagte Karlchen.

»Na und? Ich hab auch 'ne verdammt unsichere Zukunft vor mir«, tröstete er sie. »Wer weiß, ob ich überhaupt 'ne Planstelle kriege ...«

»Komm, denk jetzt nicht dran.«

Die Zukunft rannte ihnen nicht weg.

Jetzt mußten sie erst einmal Zärtlichkeit nachholen – soviel Zärtlichkeit. Aber mittendrin spürte er, wie er ihre Gedanken verlor.

»Tut mir leid«, sagte sie bedauernd und schaute auf die vorüberziehende, besonnte Flußlandschaft, »ich liebe dich, aber ich muß trotzdem an ihn denken. Das wird noch 'ne Weile dauern – das mußt du bitte verstehen, ja?«

Bd. 12429

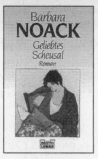
Bd. 12534

Bd. 12636

Bd. 12480

Barbara Noack

eine Meisterin der Unterhaltungskunst, voller Charme, Humor und Menschlichkeit

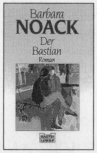
Bd. 12502

Bd. 12536

2 Cassetten, Stereo, Laufzeit ca. 120 Minuten,
gelesen von Barbara Noack
ISBN 3-7844-5009-1

Barbara Noack

*Eines Knaben Phantasie
hat meistens schwarze Knie*

**Die schönsten Kindergeschichten von
der beliebten Autorin selbst gelesen**

*Nur wenige Schriftsteller bringen Kindern soviel Interesse
und Anteilnahme entgegen. Mit viel Sympathie werden
gescheite und lustige Geschichten erzählt, die nicht nur
Spaß machen, sondern auch Wegweiser sein können für
eine liebevolle Erziehung.*

DIE LANGEN MÜLLER AUDIO-BOOKS